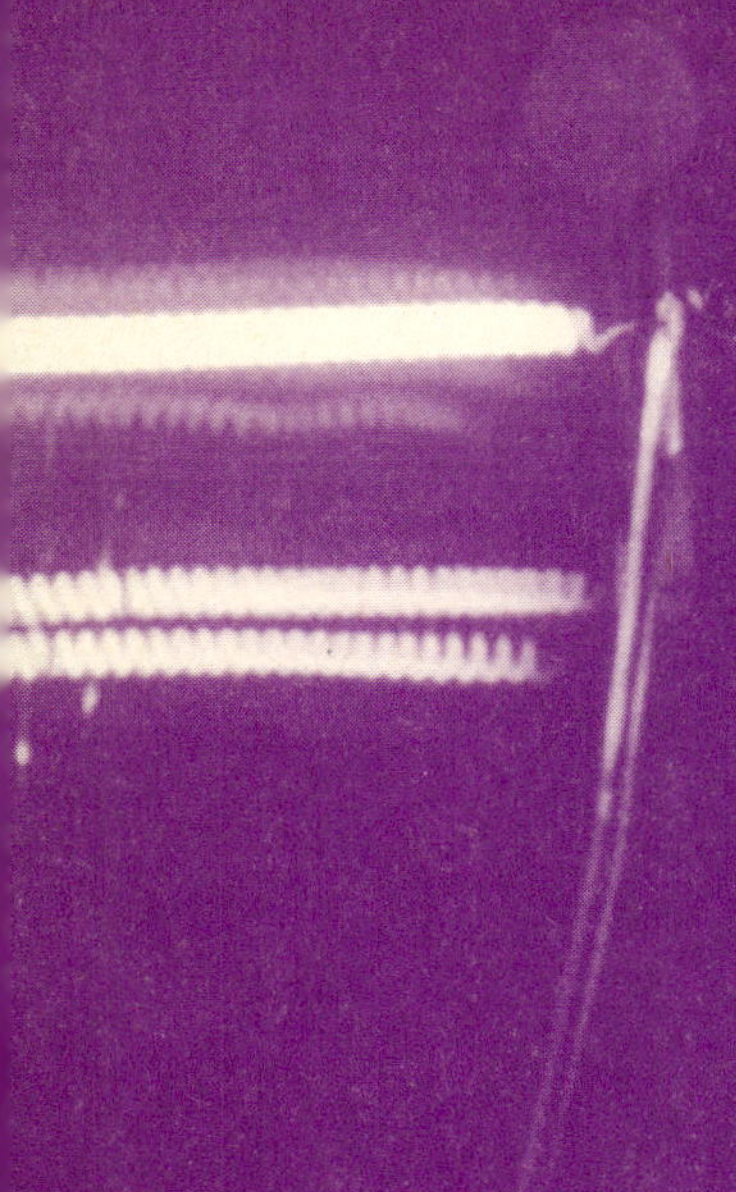

乱歩・白昼夢

斎藤　憐
Ren Saito

浮世の奈落

黙阿MIX《もくあみっくす》

而立書房

目次

装幀・神田昇和
撮影・石川　純

乱歩・白昼夢

人形と写し絵による／

浮世の奈落

黙阿ＭＩＸ〔もくあみっくす〕

ゆるして
ゆるして

乱歩・白昼夢

人形と写し絵による

■登場人物

◎序章
傀儡師
木馬
庶民
庶民
庶民

一「芋虫」より
明智小五郎
須永
木馬
時子
鷲尾少将
兵士
兵士
兵士
兵士
兵士
兵士

二「屋根裏の散歩者」より
明智小五郎
傀儡師
木馬
女給
郷田
男1（ターさん）
男2
男3

三「一人二役」より
中江亮介（明智小五郎）
澤田
中江律子

四「人でなしの恋」より
明智小五郎
傀儡師
門野京子
お七

◎終章
明智小五郎
傀儡師
木馬
男
女1
女2
娘

L＝幻灯（magic lantern）
M＝音楽
SE＝効果音（sound effect）

序章

舞台上手には場面タイトルのめくり。

「木馬館」の看板。壊れて廃棄を待つ木馬が捨てられている。

下手はオルガンと小太鼓と玩具の楽器が並ぶ下座。

奥の、「征露丸」「カルピス」など大正時代の広告、新聞記事のコラージュによって浅草が浮かぶ。

M—1

ふらりふらりちどりあし
くるりくるり影法師　ルナアパアクのピエロ
あわれあわれ、とまらない　哀しきメリイゴウランド

スクリーン下りる。

上手より傀儡師《くぐつし》。

傀儡師　東西、東西。歓楽の街、浅草へようこそ。私ら人間の楽しみには視覚、聴覚、味覚、嗅覚、触覚がございまして、この五つの楽しみを娯楽と申します。が、この娯楽は政を司る方々にはえらく評判がかんばしくなく悪所と呼ばれました。明暦の大火の折り、日本橋にございました遊郭

が浅草寺裏の日本堤に追いやられ、遠山の金さんの天保の改革で、私ども傀儡師も浅草六区に追放となります。人形二座に芝居が三座。柳川食いたきゃ駒形どぜう、柔肌抱きたきゃ吉原大門くぐりゃいいい。アメリカのペリー提督が浦賀に来航しました嘉永六年、「花屋敷」が作られました。

L　モノクロの風景写真。

L　飛行船と駒形どぜうが飛ぶ。

L　浅草の街並。十二階。浅草の歓楽街の人々。

闇夜に　まばゆいアーク灯
のぞきからくり　へび女
さみしや手品の皿回し

傀儡師　日清日露の軍需景気。隅田川の東ッ側江東の地に工場の煙突が次々に立ち、日本全国から工員、労働者が集まって参ります。

L　工場の煙突。

L　人々の写真。

傀儡師 東京の住民のうち親の代からの江戸っ子はたったの九十万人。田舎から出てきた百二十五万人が、休みになると隅田川を渡ってここ浅草に娯楽を求めてやって参ります。

田舎者がスーツケースや行李をもって東京に着く。

傀儡師 日本が清国との戦争に勝った頃、浅草六区に水族館ができました。

L　水族館の鯰、鮫、蛸、クラゲ。

水族館じゃ気を付けな
イワシがあんたをセリにかけ
鮪がお前を三枚目

庶民たちが、魚たちを見る。

なまず追い抜く出世魚
今日もあぶれて水族館
木戸銭ひねもす二銭なり

傀儡師　日露戦争が始まる前の年、浅草六区にはシネマを見る電気館が開業。キートンやチャップリンが人気を博します。

Ｌ　「金龍館」「電気館」などの建物。

傀儡師　やがて落語のための演芸ホールができ、水族館の隣に昆虫館が登場します。

Ｌ　カマキリ、鷲、フクロウ、クマなど動物。

薄むらさきのアーク灯
共食いかまきり昆虫館
活動写真のあっけなさ
白昼夢中のわが人生

傀儡師　大正七年、その昆虫館の中でメリーゴーランドが回り始めます。

木馬。

傀儡師　花やしきには、トラやクマ、珍しい鳥などやってきました。

L　トラ。

木馬　おい、傀儡の兄ちゃん。

傀儡師　ええ、ぼっ壊れて捨てられた木偶が口をきくか。

木馬　おまえさんたち人間は水族館で魚を、花やしきでトラを見てるつもりだろうが、魚もトラもおまえさんたち人間を見てるんだよ。

傀儡師　トラが俺たちを見物してる？

木馬　昆虫館のカマキリや花やしきのトラから見りゃ、浅草はさしずめ人類館だ。

傀儡師　人類館？　人間さまはな、ほ乳類の中で一番進化した霊長類、その中でも一番賢い生き物だ。

木馬　賢い？　俺たちの住むこの星にゃいろんな動物、爬虫類やほ乳類がいるが、おまえさんたち人類って奴はとびきりの大馬鹿野郎だ。せんだっての欧州戦争で、おまえさんたちがやった同類殺しは二千万。そんな動物はほかにゃいねえよ。

L　兵士募集のポスター。兵士たちの写真。

L　負傷兵。墓。

一　「芋虫」より

めくりがめくられ、「芋虫」の文字。

木馬　ロシアで革命が起きた大正六年、日本政府はシベリア出兵を決意し、七万二千の将兵がウラジオストックに上陸しました。ある晴れた日に、木馬館で私が乗せたのは須永さんという工員とその若い妻でした。

須永（人形）と時子（人形）、スーツケースから出てくる。
須永が妻を木馬に乗せる。

木馬　須永さんに赤紙が届いて、シベリアに応召する前に、貧しい若夫婦は、五十銭銀貨を握りしめ浅草六区で最後の一日を過ごしたのです。

M―2「ゆけ！　少年十字軍！」（佐藤由佳作詞・作曲）前奏始まって
須永、兵士になる。

一兵士　歩兵第十二旅団は総員、アムール川を越え、ニコラエフスクへ突撃。

総員　ニコラエフスクへ突撃！

丘を越え　海を渡り　僕等はゆく
立ちはだかる幾多の敵も　恐くはないぞ
右手に勇気　左手に仲間思う気持ちを
いつも忘れない

兵士の群れが突撃する。
ＳＥ　砲声。
全員、倒れる。
Ｍ　「戦友」
半分の兵士たちが起きあがって進む。

木馬　突撃部隊の中に、あの須永二等兵もおりました。須永二等兵は、砲撃をくぐり抜け、ひたすら敵に向かって突撃いたしました。

ＳＥ　砲声。兵士吹き飛ばされる。

Ｍ―２

僕等はめざす　ニコラエフスク
僕等はめざす　アムール川を
進め！　僕等、少年十字軍！

須永が走る。
砲撃（ＳＥ）とともに右手、続いて左手が飛ぶ。
次の砲撃（ＳＥ）で、足が吹き飛ぶ。

木馬　妻時子を愛撫した須永の手足は、異国の土となりました。

黒子が出てきて消し幕をかける。
消し幕に芋虫が映る。

木馬　シベリア出兵による戦死者五千、負傷者二千六百。果敢に戦った須永二等兵は上等兵に昇進しましたが、両手足を爆裂で失い、まるで芋虫。妻時子の元に帰ってきます。

障子が閉まり、障子に芋虫がクロスフェードする。

時子 （独白）私は須永がシベリアから生きて還ったと胸をなで下ろしました。……帰還した夫は、習志野の陸軍衛戍病院のベッドに、載っておりました。

障子の前、鷲尾少将（人形）の前に坐る時子。

鷲尾 わしはニコラエフスク突撃隊を率いた者として、ご亭主須永上等兵の忠君を自慢に思っておる。だから、わが家の離れにそなたたちが住まっていることも誇りじゃ。

時子 忝く思っております。

鷲尾 須永上等兵が国のため、傷痍軍人として帰還したことは、世に知れ渡っておる。だが、そなたが手足を失ったご亭主の世話を毎日続けていることを日本中誰も知らない。勲章もない。（泣く）ククク。

スクリーンが下り、芋虫が消える。

時子 わたくしは、須永の妻でございますから、当たり前のことでございます。

鷲尾 知られざる美談だ。失礼だが、お幾つになられた。

時子　数えで二十三になりました。
鷲尾　まだ二十三か。辛いのう。うーん。大和撫子の鑑じゃ。

L　立ち木。

時子　須永が待っておりますので失礼いたします。（と、立つ）
鷲尾　ああ、よろしく伝えてくれ。

障子が開き、スクリーンに、L　井戸。
SE　ヒグラシ。
時子の人形が後ろ向きになり、去っていく。
それに重ねて、L　時子の後ろ姿がだんだん大きくなる。
L　井戸が消え、点のような赤いランプ。

時子の声　ただ今。待ちどうだったでしょう。今、ランプをつけますからね。

L　ランプが灯る。
L　芋虫が乱れる。

時子　あら、かんしゃくを起こしているの。

L　「あら、かんしゃくを起こしているの」

木馬　今の須永は芋虫だ。奴は耳も聞こえない。話すこともできない。芋虫は口がきけない。だから
くわえた鉛筆で文字を書く。

L　鉛筆をくわえた芋虫。

L　下手な字で『ドコニイタ』

時子　わかっているじゃない。鷲尾少将閣下のところ。

L　『3ジカン』

時子　三時間なにを考えていたの。

M―3

L　須永の妄想が次々と。

時子　ホホホホホ。また、妬いているのね。天皇陛下からいただいた金鵄勲章、見ますか。

L　金鵄勲章。

時子　これは須永上等兵殿が天皇陛下からいただいた名誉。

L　金鵄勲章がどくろになる。（M、曲想変わる）

L　芋虫。

L　『メイヨ、モウイイ』の文字。

時子　じゃ、あなたの武勲が載っている新聞は？

L　『ホマレ、イラナイ』

時子　あたしになにをしてほしいの。

L　時子の顔。ヘビ。

L　カエル。

L　ヘビがカエルを飲み込む→（ヘビの腹が動く）→ヘビ→芋虫→猫と芋虫→叫びの芋虫。

L　帯がなびく時子。

L　芋虫。

時子　……フフフ。ご褒美が欲しいのね。

L　「ご褒美が欲しいのね」

時子　あたしの体が見たい？

L　着物が落ちた時子。

L　裸の時子と猫。（猫が悲鳴を上げる）

L　時子の顔と芋虫須永、幾重にも。

木馬　忠君須永上等兵には、触覚と視覚しかない。

L　交わる二人。

木馬　夫の肉の塊の醜さが、麻薬のように彼女の情欲をそそり、しびれさせるのです。国に忠烈な兵士の貞淑な妻は、日夜芋虫ともつれ合いました。

L　目を見開いた芋虫の顔。
L　「なにを見てる。見るな」
SE　衝撃。
L　「芋虫なんかに見る権利はない」
M、指が出る前に曲想変わる。
L　時子の指が須永の目に突き刺さる。
L　目が赤くなる。
L　「お前は永遠の闇の中に生きるのだ」
L　赤い蝶々が飛び散る。

M—4「サンゴと潮」（佐藤由佳作詞・作曲）

L　赤い蝶々、赤い烏。

L　井戸。

L　芋虫。

L　井戸に入る芋虫。時子の顔。

L　井戸に入る時子。

L　「ゆるして」の文字。

L　『ユルス』の文字。

L　二人が金魚になる。

木馬　この傷病兵夫婦の物語り「芋虫」を反戦小説と受け取った人たちもおりました。乱歩自身は、「なぜ神はこのような不可思議な人間を作ったのか」を問いかけたかったのだと言っています。

L、消える。

木馬　しかし、日中戦争が始まりたくさんの傷病兵が還ってくるようになると、小説「芋虫」に発売禁止処分が下ります。やがて、支那との戦争が拡大すると、乱歩には雑誌社からの注文がなくなりました。乱歩は明智小五郎が活躍する少年向けの読み物「怪人二十面相」を書き、戦争の終わるのを待ちました。

洒落たソフトをかぶった明智小五郎が出てくる。
スクリーンに少年たちの影絵。

M—5「少年探偵団」

ぼ　ぼ　僕らは少年探偵団
勇気りんりん　るりの色
望みに燃える　呼び声は
朝焼け空に　こだまする
ぼ　ぼ　僕らは少年探偵団

小五郎　私、明智小五郎は江戸川乱歩という作家の妄想から生まれました。私は乱歩が見えているものを信じなかったのだと思います。乱歩は言います。「うつし世は夢　よるの夢こそまこと」。文明開化による科学技術の進歩によって街には映画館が建ち並び、マガイモノの光を楽しみ、蓄音器やラジオでマガイモノの音を聞くようになりました。視覚、聴覚の楽しみが増えた反面、現代人は触覚など隠れた欲望を忘れてはいまいか。それで乱歩は名作「芋虫」や「人間椅子」を書いたのでしょう。

小五郎　教育勅語が発せられた明治二十三年、パリのエッフェル塔を真似ました浅草十二階、凌雲閣が完成します。

Ｌ　十二階。

小五郎　入場料は大人八銭子供四銭。高さ五十二メートルの十二階のてっぺんの展望台に（望遠鏡を持って）設置された遠めがねに一銭払えば、先頃、建てられました赤煉瓦の東京駅、三越デパートも見えます。

Ｌ　東京駅などの建物。

二　「屋根裏の散歩者」より

めくりがめくられ、「屋根裏の散歩者」の文字
スクリーン飛ぶ。

小五郎　……維新以降、東京の人口は増え続け、三百八十万人が住む大都会になりました。しかし、東京に出てきた人たちすべてが一戸建てを買えるわけもなく、アパートと呼ばれる集合住宅が次々に作られました。……壁一つ隔てて見ず知らずの人間たちが生きる。この寂しさは、日本人が初めて経験するものでした。

田舎者たちや女給（人形）が出てきてお辞儀をする。宙に浮く人形たち。
宙に浮く郷田。その後ろに安酒場のカウンター。背後に障子。
男1が、M—6「酒は涙か　溜息か」を歌い始める。

酒は涙か　溜息か
心のうさの　捨てどころ

小五郎　ひとりぼっちで都会に出てきた男たちは、酪酊屋で孤独を癒し、その男たちの寂しさを慰めるために日本全国から女たちが酒場にやってきました。
女給　あらターさん。お盆なのに郷里に帰らないの。
男1（ターさん）　ああ、残業続きだろ。オッカアの顔なんざ二年見てねえ。
小五郎　大都会では、毎年、迷宮入りする殺人事件が起こります。捜査が困難を極めるのは、犯罪に動機がない場合です。私が探偵に成り立ての……今から十年ほど前、犯罪には欲望や怒りの影がつきまとっていました。ジャン・ヴァルジャンは、ひもじいがゆえにパンを盗んだ。ある女は酒乱の亭主が憎くて殺した。すべての犯罪には理由があったのです。

客たち、オイオイ泣く。

男2　リンゴの花が咲き出したって、便りがきたぜ。
男3　もう一月も便りがねえ。ニシンがきたから手紙書く暇がねえんだ。

客たち、去る。

小五郎　先ごろ象潟警察所管内の東栄館というアパートで、花巻出身の遠藤という歯科大学に通う学生が、所持していたモルヒネを飲んで死にました。遠藤の部屋は、入り口も窓も鍵がかかっていましたから、警察は、自殺と断定いたしました。しかし、死んだ遠藤の隣の部屋の郷田という学生を酩酊屋に連れて行った私明智小五郎には一つの疑問が浮かびました。

郷田（人形）と小五郎、カウンターに坐っている。

小五郎　ほう、この世のすべてに興味がない？　仕事も遊びも。

郷田　世間じゃ、欧州で大戦争だ。やれ軍需景気だ。魚津の米騒動だと大騒ぎをしますが、どれも僕には退屈なことなんです。

小五郎　先日、モルヒネを飲んで死んだ遠藤君は君の隣の部屋に住んでいたんだね。

郷田　ハハハ。前途有望な医学生と評判だったのに儚いものです。

小五郎　遠藤君に自殺の兆候はあったのですか。

郷田　自殺の兆候……。ああ、ある日、遠藤は自分の部屋の棚からモルヒネの入った瓶を取り出し、スプーン半分で人は死んでしまうのだと言っていました。

小五郎　ほう。遠藤君の部屋にモルヒネがあることを知っていた。

郷田　ええ、まあ。

小五郎　もう一つ。あの医学生の部屋にスイス製の目覚まし時計があったね。

郷田　さすが明智先生。奴は毎朝六時にあの目覚ましを掛けて寝るんです。隣の部屋の僕は、毎朝その音で起こされて迷惑千万でした。現にあの朝も奴の目覚ましで起こされましてね。

小五郎　ほう。遠藤さんが死んだ朝も目覚ましは鳴ったんですか？
郷田　そうなんです。
小五郎　変ですね。
郷田　変なヤツです。日曜日にも、目覚ましを六時に掛けるんですから。
小五郎　夜中に自殺を決意した人間が、翌朝の目覚ましを巻いておくでしょうか。

　　SE　衝撃の音。

郷田　そうか。ちょっと変ですね。ああ、今日野暮用があるのを忘れてまして。ごゆっくり。（逃げようとする）
小五郎　ちょっと待て。（郷田の腕を取る）
郷田　何をするんです。
小五郎　君を遠藤殺しの被疑者として警察に突き出す。
郷田　遠藤殺し？　そんな証拠がどこにある。
小五郎　私はあなたの部屋の押入の天井板が、フカフカ浮くようになっていることを発見しました。あなたは夜になると屋根裏に這い上がって奇妙な散歩をしていたにちがいない。（腕を引っ張って）やい、白状しろ！
女給　小五郎さん。乱暴はよして。
小五郎　こいつは人殺しなんだ。こらあ。

郷田　僕が屋根裏を散歩してた？　どうして散歩しなきゃならないんです。

小五郎　屋根裏に登った私は、アパートの天井から光が漏れているのを見つけました。板と板の隙間、節穴に目をやると、下の部屋の様子が手に取るように見える。アパートの部屋のひとつひとつに都会に住む人々の生活があり、まさしく人間の標本箱でした。……そしてあなたは、夜ごと、他人のプライバシーを覗く喜びに夢中になった。

M　光のイメージ

L　障子にアパートの部屋の明かり。

L　アパートの部屋の住人。

L　障子に、天井裏の郷田。

L　目。

L　寝ている遠藤の顔。

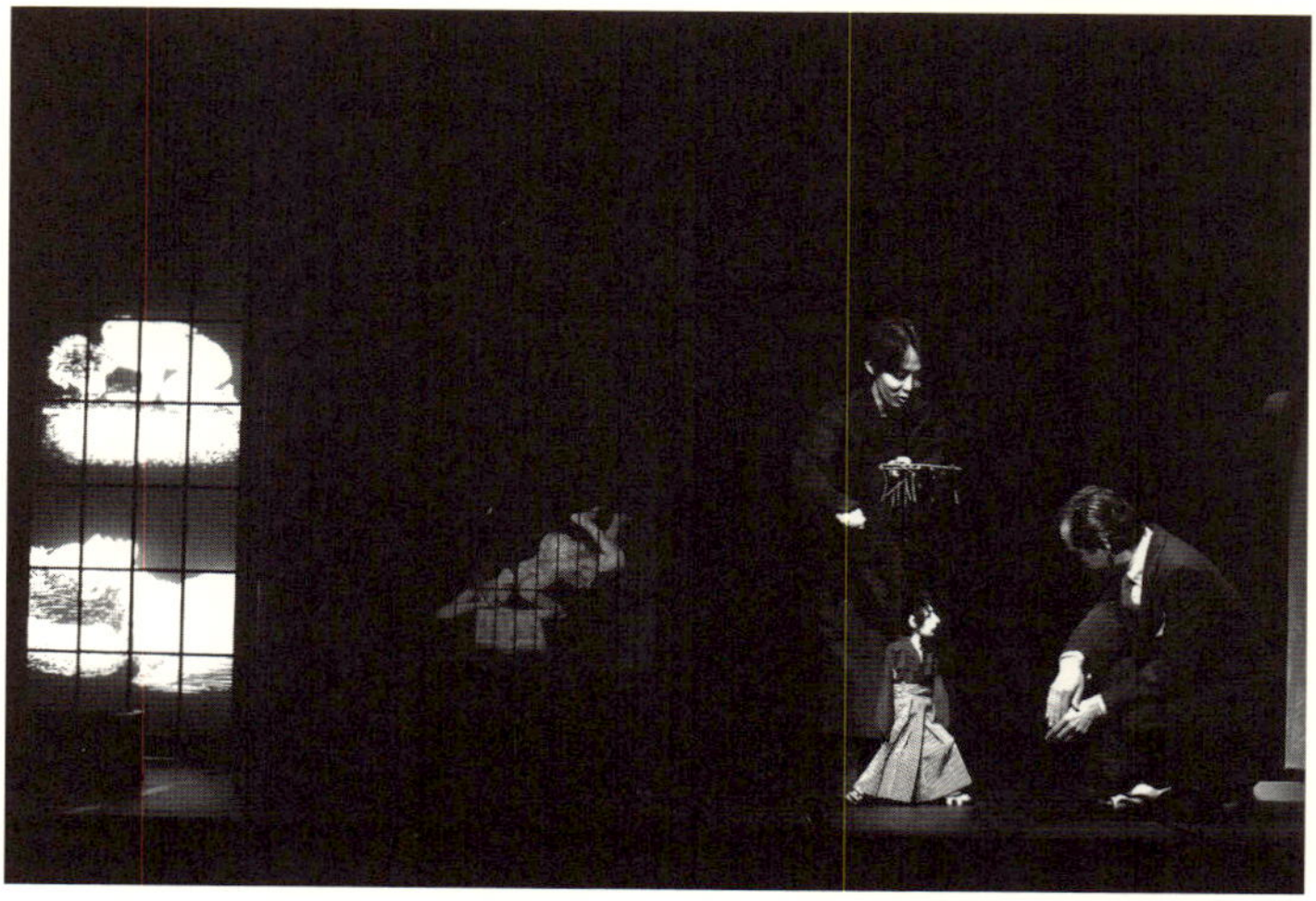

郷田　どうして僕が遠藤を殺さなくてはならないんだ。
小五郎　遠藤に女をとられた？
郷田　僕は女なんか面倒なんです。
小五郎　遠藤が借りた金を返さない。
郷田　僕は金なんかに興味がないんです。奴はいい奴だ。いやな目に合わされたこともない。
小五郎　じゃあ、なんで殺した？
郷田　だから、殺してなんていません。だって殺す理由がないんですから。
小五郎　……退屈。
郷田　タイクツ？
小五郎　あなたは、屋根裏の散歩さえいつしか退屈になってきた。……もっとシゲキが欲しくなった。……そしてあなたは密室殺人……完全犯罪の計画に熱中する。
郷田　なんの証拠があってそんなことを言うんだ。
小五郎　私は死んだ遠藤の部屋の天井にも小さな節穴を見つけました。君は遠藤の部屋にあったモルヒネを盗んで、あの節穴から遠藤の口にモルヒネを垂らしたな。

L　モルヒネの瓶。

L　天井から一筋の薬が垂れて寝ている遠藤の口に入る。

小五郎　郷田君、君を殺人容疑で警察に突き出す。（と、郷田の人形を奪う）

障子、はける。

小五郎　私は郷田を追いつめ白状させたんだが、警察は捜査を打ち切りやがった。郷田を取り調べると精神分裂病で入院歴が浮かんだからだ。被疑者に精神病の兆候があると、警察、検察は捜査を打ち切る。すべての証拠を固めても、裁判で「心神喪失」と判定されると「責任能力がない」と無罪になってしまうからだ。なんかすっきりしねえなあ。（去る）

木馬と傀儡師、出てくる。
傀儡師、オペラ館などの看板を出し、舞台転換。

木馬　ちょいと、モルヒネ殺しのことだけどよ。
傀儡師　奴は無罪放免さ。
木馬　でもさ、遠藤って学生を殺して何の得があるんだ。
傀儡師　何の得もない犯罪は動機が説明できねえ。説明できるとすれば精神異常だけだ。
木馬　奴は「誰でもよかった」って言ってるが、理由なく殺される身になりゃ、怖いねえ。
傀儡師　日本人の大部分がお百姓や漁師さんだった頃にゃ、無差別殺人なんて起こらなかった。

木馬　乱歩先生は言ってる。浅草のあの雑踏の中で自分は孤独を感じるって。そしてこの雑踏の中に殺人者はいる。

傀儡師　大都会にやってきた者たちがアパートに住むようになって、孤独な人々の夢見る力が動機なき犯罪を起こすようになった。

木馬　夢見る力？

傀儡師　夢見る力を持っているがゆえ、人間は異性に恋をし、腹の足しにもならぬ音楽を聴き、馬にとっちゃどうでもいいような絵を描き、役にも立たないオペラなんかを観るんだな。

木馬　愛する者と心中する。嫉妬ゆえに殺人を犯して身を滅ぼす。まったくわかんねえ。

M―7「恋は野の鳥」（ハバネラ）「カルメン」より（佐藤由佳作詞）

あたしの恋は火のように燃えてますわ
あなたの心も体も焼き尽くすわ
あたしの目を見つめたら、もう逃がさないわ
炎のような熱いキスをあげるわ

間奏に入って。

傀儡師　今、浅草で大人気のオペラ「カルメン」。竜騎兵ドン・ホセはカルメンに誘惑され、婚約者

を捨てて軍隊を脱走する。だけどカルメンは闘牛士に心を移し、嫉妬に狂ったドン・ホセは匕首をもって追いかけカルメンを刺し殺す。でも、観客はカルメンを演じた河合澄子が舞台の上で死んだふりをしているのを知ってる。それでも人間は涙を流すのさ。

木馬　人間は真っ昼間にも夢を見るんだ。

傀儡師　人間はな、自分じゃ普段気づかない暗闇を抱えているせいさ。

木馬　暗闇ねえ。

傀儡師　ロシアで革命の起こった大正六年、浅草でインチキオペラが始まり、大勢のペラゴロたちが押し寄せた。江戸川乱歩も、大正八年、田谷力三後援会に名を連ねて浅草に通っている。

あなたが居なくちゃ　あたしは生きて行けないの
そんな台詞ならいつでも囁くわ
あたしの髪に触れるなら気をつけて
恋の病に後悔しても遅いわ

三「一人二役」より

めくりがめくられ、「一人二役」の文字。
下手に浅草「オペラ館」の支配人室。
澤田（人形）。
ノックの音。「支配人、おられますか」との声。

澤田 どうぞお入りください。（と立ち上がる）

偲儡師が操る髭の男（人形）が入ってきた。

澤田 ええと……どちら様でしょうか？
傀儡師 明智だが……。
澤田 明智って……小五郎さん？
傀儡師 はい。私、明智小五郎でございます。
澤田 馬鹿者。明智先生と昵懇の私が騙せると思っているのか。付け髭なんかつけやがって。
傀儡師 やっぱり駄目か。（糸をゆるくしたので人形、クタッとなる）変装の名人、怪人二十面相に憧れましてね。

澤田　（傀儡師の顔を見て）なんだ。君は中江君じゃないか。

傀儡師、中江の人形を出してくる。

中江　ば、ばれたか。オッホッホ。そう。「オペラ館」の支配人に仲人をお願いした中江亮介です。
澤田　（変装した人形を覗き込んで）しかし、うまく変装したもんだ。中江君とは思えない。どうして明智小五郎に変装したのかね。
中江　女房の律子が、先だってあなたにお電話したでしょう。
澤田　ああ、電話をもらった。お前の朝帰りがすぎるってね。また悪い虫が出てるようだな。
中江　会社から帰ってくると、律子が電話している声が聞こえました。律子のおしゃべりを聞いていますと、電話の相手は仲人の澤田さんらしい。
澤田　律子さん、泣いていたよ。あんないい奥さん持ちながら夜遊び。まさにオペラ「リゴレット」のマントバ公だ。
中江　仲人さんからそう言われると……。しかし、僕の中には常に新鮮なものを求める分子が潜んでるんです。
澤田　いいか。律子さんは明智探偵に君の浮気の証拠を押さえてもらったら、人生をやり直すといっているんだよ。
中江　ええ、離婚！　奴がそう言ったんですか。

澤田　そう。離婚だ。
中江　いやです。あんないい女に、二度と出会えるか分かりませんからね。
澤田　なに、言ってるんだ。自分で浮気しといて。自業自得だよ。他の女に手を出すな。
中江　澤田さん。新鮮なものに夢を馳せなければ、人類はいまだに槍で猪を追っかけているでしょう。
澤田　人類ときたか。しかし、女房は手放したくない。でも浮気はやめられない。身勝手すぎる。
中江　そこで考えたんです。もう一度、新婚初夜のような新鮮な心持ちで女房を見られないものか。
澤田　で？
中江　僕は自分の女房が僕以外の男と愛し合う、その律子が見たい。

一隅にコーヒーを飲んでいる律子（人形）。

澤田　馬鹿を言うな。律子さんを他の男にさしあげるというのかね。
中江　とんでもない。
澤田　じゃ、どうするんだ。
中江　僕が他の男になればいいんです。
澤田　そうか！　それで、明智小五郎に変装しようってわけか。
中江　そうです。律子の尊敬する明智先生に変装すれば……。
澤田　ダメダメ。変装を私に見破られてるじゃないか。

中江　大丈夫です。だって律子は本物の明智小五郎に会ったことがないんですから。（くるりと向き直って明智の人形を律子の前に歩ませ）おっほん。私がご主人のことでご依頼を受けた……

律子　明智小五郎先生でいらっしゃいますか。

中江　仲人をされた澤田さんからだいたいのことはお聞きしました。ああ、見れば見るほど綺麗な方だ。

律子　あら……。

中江　こんな方がありながら、朝帰りするご亭主、信じられません。

律子　明智先生。主人の悪徳を暴いてくださいますか。

中江　おまかせください。

律子　先生だけが頼りです。

澤田　それでうまくいったのかね。

傀儡師、中江の人形に持ち替えた。

澤田　細君は、変装した君に、つまりニセの明智小五郎に好意を示したかね。

中江　びっくりですよ。貞女だと自他ともに認めるあの律子が、変装した私、つまり小五郎を憎からずでしてね。

澤田　もし、細君がニセ小五郎と懇ろになれば、君の放蕩と五分五分ってわけだ。

中江　支配人だから申しますが、先週、仙台に出張だと嘘をついたんです。すると、律子は明智小五郎を箱根のホテルに誘いました。
澤田　本当かい！　それで変装した君は律子さんと箱根に向かった。どうだった？
中江　強羅ホテルで、私たちは再び結ばれました。

M―8「ディゲルナライア」（佐藤由佳作詞）

デインケンリンゲン　ダーライヤ
デインケンリンゲン　ダーライヤ
愛されて得る美しさよ
デインケンリンゲン　ダーライヤ
デインケンリンゲン　ダーライヤ
どんなときも枯らすことなかれ

硝子いちまい隔てた向こうには
貴方が微笑みを絶やさず居る
痛みてぽろぽろり、ちくと、痛みてぽろり
無言のまま通り過ぎる
デインケンリンゲン　ダーライヤ

デインケンリンゲン　ダーライヤ
臆病な僕はしあわせなまま

曲中、中江と律子の道行き。

中江　（曲の中で）おかしなもんです。律子がいつもの律子とちがう。肌の香りも潤いも……。新鮮でした。

澤田　（笑いながら）ホテルで火照る律子さんを抱いたか。二度目の初夜。儲けもんじゃないか。

中江　律子の指先のたどたどしきふるえ。燃えるうすぎぬの下の恥じらい。ああ！

澤田　どうした？

中江　（頭を抱え）思いもよらぬことが起こったんです。

澤田　思いもよらぬ……。

中江　律子が私以外の人間を愛し始めたんです。まったく予測もしなかったことです。以前はさほどでもなかった律子がこの世に二人とない女に想えてくる。その律子を他人に奪われたかと思うと……

澤田　奪われた。律子さんを抱いた小五郎だって君じゃないか。

中江　……律子は時折、ボンヤリと物思いに耽っている。明智小五郎との逢瀬を思い描いているにちがいない。律子が僕以外の男のことを思っている。身も焼けるような嫉妬です。

澤田　それは君が散々律子さんに味わわせたことだろ。

中江　反省しています。ああ、それにしても、生まれて初めて味わった忍ぶ恋の切なさと楽しさ……世間並みの女房にすぎなかったあいつが、あのような情熱を隠していようとは……（歩き回る）

澤田　贅沢な奴だ。しかし、いつまでも一人二役を続けていくわけにはいかんだろう。

中江　そうなんです、（ぐるぐる回り）忙しくってしょうがない。（立ち止まって）そうか！

澤田　どうした。

中江　僕が、中江亮介がいなくなればいいんだ。

澤田　お前がいなくなる。自殺するか？

中江　いいえ、僕は失踪します。そして、明智小五郎として律子と愛の生活を送ります。（と、人形を持ち替えた）

澤田　中江亮介がこの世から消える？

中江　どちらかを残すとすれば、律子が愛している小五郎になりたい。

澤田　ともかく、律子さんに事務所まできて欲しいと伝えてくれたまえ。

中江　はーい。（去る）

律子　澤田さん、お世話になりました。あなたが中江の策略を教えてくださったから……

澤田　あなたは明智小五郎、すなわち中江さんと愛の生活を取り戻された。

律子　はい。それにしても……

澤田　それにしても？

律子　口ひげぐらいで亭主を別な男、明智先生と私が思いこむなんて……。
澤田　中江君は、あなたが明智君と思って抱かれてると信じていますよ。
律子　男って、そんな単純な動物なんですか?
澤田　はい。単細胞です。

デインケンリンゲン　ダーライヤ
デインケンリンゲン　ダーライヤ
愛されて得る美しさよ
デインケンリンゲン　ダーライヤ
デインケンリンゲン　ダーライヤ
どんなときも枯らすことなかれ

四　「人でなしの恋」より

めくりがめくられ、「人でなしの恋」の文字。

スクリーン下りる。

望遠鏡（あるいは丸めた紙）を持った小五郎。

小五郎　私、明智小五郎は江戸川乱歩が生み出した日本でもっとも有名な私立探偵です。では世界でもっとも有名な私立探偵と言えば、ダシール・ハメットの『マルタの鷹』でハンフリー・ボガートが演じたサム・スペードでしょう。驚いたことに乱歩が生まれた明治二十七年ダシール・ハメットもユダヤ系移民の子としてメリーランドで生まれています。貧しい家に生まれた彼は転々と職業を変え、アメリカ屈指の調査会社ピンカートン社で探偵として働いています。その経験が、『血の収穫』などの名作に生きています。一方、作家になる前の乱歩も極度に貧しく、支那ソバの屋台を引き、タイプライターの行商など職業を変えています。団子坂に開いた古本屋が倒産した後、乱歩は私立探偵を志して、岩井三郎探偵事務所の門をたたいております。岩井三郎は警視庁に勤めていた刑事で、日本で初めて探偵事務所を開いた人でした。しかし、乱歩はハメットとちがって岩井三郎からの採用通知を受け取れず、探偵小説作家になりました。

女が入ってくる。

女　（入ってきて）なにか見えますか。

小五郎　だ、誰だ！

女　どなたもおいでにならなかったものですから。明智先生でいらっしゃいますね。

小五郎　ああ、お手紙をいただいた門野さんですね。（手紙を取り出す）明智小五郎です。

女　門野京子です。突然にお手紙いたしまして。

小五郎　（封筒から写真を取りだし）うーん、なかなか美男子のご主人でいらっしゃる。

女　あら（と、気恥ずかしき思い入れ）。でも、おかしいのです。

小五郎　なぜそう思われるようになったのですか？

障子、閉まる。

女　門野の家に入りましてより、半年ほど経った頃でございました。殿方の愛というものがどのようなものであるか、小娘の私が知ろうはずもございません。門野のような愛し方こそ、どの男にもまさった愛し方だと信じ切っていたのでございます。……ところが、少しずつ、その愛になんとやらいつわりのカケラが含まれていると感じはじめました。……夜ごとの閨《ねや》のエクスタシーは形の上にすぎなく、門野の心は何か遙かなものを追っているのを感じたのでございます。

小五郎　（遠くを見て）遙かなものを追っている……。

女　ええ。私を眺める愛撫の眼差しの奥に、もう一つの冷たい眼が遠くの方を凝視しているのでございます。疑いというものは、一度そうしたきざしが現れますと、夕立雲がひろがる時のような恐ろしい速さでもって、相手の一挙一動、どんな微細な点までも深い疑惑の雲となって群がりたちます。……あの時の言葉の裏には、きっとこういう意味を含んでいたに違いない。いつやらのご不在は、あれはいったいどこへいらしたんだろうって。

小五郎　あなたのような美しい奥様を持ちながら、不可思議なことですね。

女　……門野は結婚した時とまるでちがった人間に変わってしまいました。

小五郎　奥さん。私たち人間はどれほどこの世界が、人間が見えていますでしょうか？（指して）この顕微鏡で見れば、隅田川の水も黴菌だらけ。この望遠鏡で見れば中秋の名月もあばた面。人間とて同じこと。門野さんが変わったのではなく、ご亭主の本性があなたに見えてきたのです。

女　門野は、夜ごと、庭にある土蔵の二階に閉じこもってしまうのです。

小五郎　土蔵？（笑って）私は小さい頃、いたずらをするとお蔵に閉じこめられましたが。

女　あの人が土蔵に行きますのは決まって夜更けなのです。隣に寝ています私の寝息をうかがうようにしてこっそりと床を抜け出して、そのまま長いあいだ帰っていらっしゃらない。縁側に出てみれば、土蔵の障子にぼんやりと明かりがついているのでございます。

SE　虫の声。

M　インスト。

障子に門野の影絵。

声　私はもうできるだけのことをして、あの京子を愛そうと努めたのだけれど、悲しいことには、それがやっぱりだめなのだ。

L　門野の影絵の中に幻想の女（お七）。

声　京子にはお詫びのしようもないほどすまぬけれど、すまないすまないと思いながら、やっぱりこうして、夜ごとお前の顔を見ないではいられぬのだ。

女　そして、極度に敏感になった私の耳は、女が門野の膝にでももたれたらしい気配を感じるのでございます。それからなにやらいまわしい衣ずれの音や口づけの音までも。あの女の目玉をくり抜き指を切り刻んで、目玉焼きと指フライにしてやる。で、私は門野が外出した日、思い切って土蔵の二階に上がってみました。

L、消える。

突然、鳴り出す太棹。

障子が開く。雪布が転がり、お七。

女　緋鹿子を着たお七の人形を見て、思い出しました。結婚して一月が過ぎたころ、門野に連れられて猿楽町の……ええと薩摩座の隣の……

小五郎　結城人形座。

女　そう、孫三郎さんの操るお七。

降りしきるあとにお七は心も空、二十三夜の月出ぬ内と、体はここに魂はただうっとりと立ったりしが、遠寺の鐘のかうかうと（ＳＥ　鐘）

Ｌ　スクリーンに木戸。

お七　ヤアあの鐘は早九つ、夜中限りに町々の木戸が閉まれば剣があっても手渡しならず、コリャなんとせうどうせうぞいなあ。

立ったり居たり気はそぞろ、よそをはばかるしのび泣き、ふっと気のつく表の火の見

Ｌ　櫓、江戸の町の遠見。

お七　オオそれよ、あの火の見の太鼓を打たば、出火と心得、町々の木戸が開くと最前、杉がことば

のはし、思いのままにかけ入って、打てば打たるる櫓の太鼓、吉三さんのお命助けいでおこうか。
（途中で梯子出る）

L、消える。

小棲引上げ高からげ、梯子はすなわち剣の山、雪は凍りてふみすべる、どんと打ったる太鼓の音、響きにつれて開く木戸木戸、お七もとんでおちこちの末の世まで

障子、お七、はける。

小五郎　お七でしたか。あなたの御主人、門野さんが夜ごと抱いていたのは。

女　私の恋敵は相手もあろうに生きた人間でなくて人形だとわかると、もう口惜しくて……いえ、口惜しいよりは畜生道に落ちた夫の心があさましく、もしあの人形さえなかったら……ええ、ままよこの人形めのなまめかしいしゃっ面を叩きのめして、手足を千切ってしまったら、門野とてまさか相手のない恋をすまい。そう考えるともう止まらず、お七の人形をめちゃめちゃに引っちぎり、眼も口もわからぬように叩きつぶしてしまったのです。

L　お七。

L　バラバラになった手と帯。

女　されどされど……門野は人間の私より人形のお七のほうを選んだのです。

小五郎　……神は自分の姿に似せて、人間を作った。人間は自分の姿に似せて人形を作る。人形は、人の罪科を背負ってくれる。……いいじゃないですか。人形ぐらい愛したって……

女　……いいえ、大変な幕切れを迎えました。土蔵の中で門野はお七と相対死にをとげていたのです。あの夜、門野はやはり土蔵に向かいました。私は雪洞を持って梯子段を駆け上がりました。……門野は私がひきちぎったお七の人形の断片を抱きながら、こと切れていたのです。

小五郎　人形と心中した？

女　土蔵の二階は血の海でございました。……私が門野を殺めたのでございます。

L　血の海。

L　口から血が流れるお七。

L　お七から赤い蝶々が飛ぶ。

小五郎　さあ、どうでしょう。世間は門野さんを後追い自殺と考えますでしょうか。……バラバラにされたお七は、一滴の血も流していないのですからね。

Ｌ　血の海の中、死んでいる門野とお七の人形。

Ｌ　金魚。

柝とともにスクリーンが飛ぶ。

傀儡師　（お七の糸を左手で持って）ああ、くたびれた。今夜は駒形どぜうで一杯やっか。そうか、お前は飯も食わなきゃ酒も飲まねえんだなあ。（と離す）

お七　（地上に降りて）ねえ、あんた。

傀儡師　ええ？（見まわす）

お七　あたしよ。

傀儡師　だ、誰だ。

お七　あたしよ、お七。

傀儡師、はじめて操っているお七の人形に目をやる。

傀儡師　お七って、おまえさん。ふん、馬鹿馬鹿しい。木偶がしゃべるわけがねえ。

お七　じゃ、今喋っているのは誰。

傀儡師　あれ？

お七　そうよ。わかった。

傀儡師　なるほど、しかし、おまえさん。おまえさんが、今「そうよ。わかった」って言ったのだって、俺が操ってやったからじゃねえか。

お七　そうかしら。

傀儡師　そうかしらって。たとえば、俺がこうやって糸をゆるめちまえば、（人形、クタッとなる）おまえさんはただの木の塊じゃねえか。操っているのが俺で、操られているのがおめえ。俺さまがいなけりゃ、おめえさんはなりたたねえ。わかったな。

お七　じゃ、あんたは私なしでなにができるの。

傀儡師　うん、そりゃあ……。しかし、おめえさんには心ってやつがない。おめえさんのことは俺が一番知ってる。先だってお前がズタズタにされてから、木を削って、色つけして、八百屋お七を作ったなあ、この俺だからな。

お七　フフフフ。

傀儡師　なんだ！

お七　じゃ、お七ってなに。緋鹿子着せればお七？　ちがうでしょ。お七ってのは命をかけて恋する心のこと。ね、あたしが、お七があんたの心に住み着いた。それからあんたは、あたしの心に合わせて木を削った。

傀儡師　それじゃあ、お前と俺は一生別れられねえってことだ。

お七　やっと分かったの。

終章

M―1

（前奏中にスクリーン下りる。）

闇夜にまばゆいアーク灯
のぞきからくりへび女
さみしや手品の皿回し　ああー

小五郎　（望遠鏡を持って出てきて）私たち人間の五つの楽しみ、娯楽を供するために浅草の町は作られました。

L　浅草の町。駒方どぜう。工場の煙突など。

小五郎　六区には活動写真の電気館。人形二座に芝居が三座。オペラが観たけりゃ金龍館。落語聞くなら演芸ホール。柳川食いたきゃ駒形どぜう、柔肌抱きたきゃ吉原だ。

L　十二階。

SE　大音響。

L　十二階、他の建物が揺れる。

小五郎　（重心をとろうしながら懐中時計を見る）大正十二年九月一日午前十一時五十八分、関東一円に大地震が起こりました。ちょうどお昼の用意をしていた家が多く、家々の竈から出火いたしました。

L　炎上する街。

逃げまどう群衆が倒れる。群衆にライト。

娘　（起きあがって）尋常科六年武藤ひさ子。浅草十二階も八階のところでボッキリ折れてしまいました。

L　浅草十二階がぽっきり折れる。

MあるいはSE　ぽっきり折れる音。

娘　逃げた時は四方から火がきていました。焼け落ちた橋に材木を渡して着の身着のまま逃げました。

焼け死んだ人たちは荷物やお金に目がくれて死んだのでございます。

女1　火は浅草方面から本郷方面に広がっておりました。日比谷方面を見れば、警視庁が焼け落ちんとしていました。日本橋では、三越、高島屋、松坂屋も瞬く間に落ち、東京全市は宮城の一画を除いてことごとく火の海と化しておりました。

M—10「宵待草」（メロディーのみ）

L　夢二の美人画。

小五郎　関東大震災の折、竹久夢二は毎日市内の焼け跡に足を運び惨状を描き、スケッチに文章を添えて、都新聞で「東京災難画信」の連載を始めております。

L　炎上する街の絵から、夢二の震災スケッチへ。

L　夢二の美人画。

女2　夜の仕事を終えた娼婦たちはまだ深い眠りに就いていました。吉原病院が焼け落ちると二千五百人の女たちは吉原公園の弁天池に飛び込み、池の底の泥に足を取られて溺れ死んでいきました。

L　震災のスケッチから、震災写真へ。

Ｌ　避難民。

小五郎　震災の起こった九月一日夜、水野内務大臣、赤池警視総監は宮城前、上野公園、靖国神社などを視察し、何万という避難民が水や食料を求めているのを見ています。政府はそれを救援する自信がなく、朝鮮人来襲のデマを流し戒厳令を公布しました。

Ｌ　夢二の、銃剣を突きつける兵隊の絵。

Ｌ　夢路のスケッチ（庶民、兵隊）。

Ｌ　ジンム、スイゼイ、アンネイ……等の天皇の名称の文字。

小五郎　それにより、麻布一連隊、中野通信隊、憲兵隊戒厳令部隊を先頭に、警察、町内会、消防団、青年団などが組織した自警団が集まりました。朝鮮人死者六千あまり、負傷者は数万人に上りました。

女１　この赤き土は、踏みつけられた蛙のひからびた死体
明日に希望を持つなかれ
ビルヂングも橋も工場も
眼に見える物は、すべからく崩れる
マイ・スイートホームも命さえも

残るは楽しかりし記憶と錆び付いた心

L　夢路のスケッチ（男）、倒れる。

L　折れた十二階。

M「宵待ち草」、終わる。

M―11「サーカスの馬」（佐藤由佳作詞・作曲）

古びたサーカス小屋の
天窓から見える空が
本当はプラネタリウムで
にせ物ならいいのにな

木馬（息絶え絶えに）この度の震災で十万人以上が亡くなりました。欧州戦争では二千万人が死にました。しかし戦争最中の大正七年に世界中で流行ったスペイン風邪、鳥インフルエンザで一億人が死んで、戦争どころではなくなりました。

L　楽しかりし大正の絵。

うそをつく勇気のない　強欲者
なんでも欲しがるなれの果ては
犯した罪が多すぎて
電話に出るのが恐いよ

私はサーカスの馬
断頭台の綱渡り
視線は踏み外さずに

まだ見ぬ向こう側
まだ見ぬ向こう側

L　消える。

男　関東大震災の起こった大正十二年、師走の二十七日、二十四歳の難波大助が散弾銃で摂政裕仁親王を狙撃したが、同乗していた侍従にかすり傷を負わせるに終わった。大審院の裁判で政府は、「自己の行為が誤りであったと陳述させ、裁判長は死刑の判決を下すが、摂政裕仁の計らいにより、死一等を減じ無期懲役とする」ことに決した。しかし難波は法廷で天皇制を非難しつづけ、死刑判決を受けた。死刑執行後、警視総監湯浅倉平と警視庁警務部長の正力松太郎が懲戒免官になった。衆議院議員だった大助の父はただちに辞表を提出し、家の一室に蟄居し餓死自殺をとげた。

兵隊たちが男の前へ。
兵隊たちが並ぶ。

傀儡師　今回の大地震は日本人が天から与えられた試練と私は考える。日清日露の戦以来、戦争成金が跋扈した。国中に自由恋愛だの労働者の権利だのを主張する輩が現れ、大正の世に起こった情死、姦淫事件は我が国の道徳が地に落ちていたことを示している。もし、天に意ありとすれば、この度の大天災は日本国民にその惰眠を気づかせる一大警告ではなかったか。大東京市の再建改造は物質的には数年にして成るであろう。しかし此には挙国一致の大協力と個々人の献身的な大覚悟とを要する。復興に先立ち、国民すべてが悔い改め、精神の改造を為すことが急務である。

人形たち去る。

木馬　（息絶え絶えに）
生きてるって活動写真のあっけなさ

あんたが逝っても星はまたたく
あたいが土になっても日は昇る
眼に見える物は、すべからく崩れる

L　スクリーンにラストの絵。

あなたが耳元で囁いた
「君が一番きれいだよ」って
差し出されたのは赤い靴
あなたは全てを知っていたのね

L　スクリーンの絵が完成する。

踊り出した足は止められない

私はサーカスの馬
ドレスの裾をつまみ上げて
引き返せない　命がけの罠

渡ってみせるわ
まだ見ぬ向こう側
私はサーカスの馬
断頭台の綱渡り
視線は踏み外さずに
まだ見ぬ向こう側
まだ見ぬ向こう側

曲中でスクリーン上がる。

浮世の奈落

黙阿ＭＩＸ〔もくあみっくす〕

■登場人物

一幕

一『升鯉滝白旗《のぼりごいたきのしらはた》』（閻魔小兵衛）
閻魔小兵衛
三位
呉羽
盗人

二
琴
河竹新七

三
市川団十郎
琴
河原崎権之助
猫
河竹新七

四
市川小団次
琴
権之助
河竹新七

五『蔦紅葉宇都谷峠《つたもみじうつのやとうげ》』
十兵衛
文弥

六
琴
田之助
河竹新七

七『処女翫浮名横櫛《むすめごのうきなのよこぐし》』（切られのお富）
（写し絵）

八
琴
河竹新七

九
ヘボン
琴
田之助
馬

十
小団次
でか鼻
琴
河竹新七

十一
小団次
琴
河竹新七

十二
でか鼻
琴

人々
河竹新七

十三
琴
権之助
人々
河竹新七

二幕

十四
琴
勘弥
猫
河竹新七

十五
勘弥
河竹新七
琴

十六
勘弥
人々
河竹新七

十七
団十郎
でか鼻
河竹新七

十八
団十郎
河竹新七

十九
琴
勘弥
河竹新七

二十　『満二十年息子鑑《まんにじゅうねんむすこかがみ》』
巳之助
松五郎
勇次
三吉
七蔵

二十一
琴
勘弥
でか鼻
河竹新七

二十二
琴
勘弥
河竹新七

一幕

一 『升鯉滝白旗《のぼりごいたきのしらはた》』(閻魔小兵衛) 一八五一年 (人形)

向島平岩河岸の場。
時の鐘。
浅黄頭巾の三位と呉羽の内侍。

三位 今日も、もはや暮過ぎ、宿り定めぬ旅の空、これこの所は東《あずま》に名高き隅田川、世にある人は詩歌に詠みて慰めど、今は日陰《ひかげ》の二人が身の上。
呉羽 お心細いはお道理ながら、人目にかからぬそのうちに、
三位 少しも早う、今宵の宿りへ。そもじも路用に貯《たくわ》へし、金子は所持していやらうの。
呉羽 その路用は、妾《わらは》がしかと持っていますわいな。

ト非人出る。

非人 さてこそ落人、路用の金を。
三位 や、狼藉者、ゆるさぬぞ。
非人 なにをこしゃくな。

ト立ち回りになる。

このとき、どてら、三尺、羽織を引っかけ、手ぬぐいの頬被り、右手に提灯、左手に荒縄でくった位牌を持った仏師小兵衛、出る。小兵衛、位牌にて非人をくらわす。非人逃げる。

小兵衛　いやはや、途方もねえ奴だ。若い旅の人、あぶねえことだ、何も取られはしなさらねえか。

三位　はいはい、どなたか存じませぬが危ないところへおいで下され、夫婦の者が難儀をお救い下され、有難う存じます。

小兵衛　はいはい。わしは閻魔小兵衛といふ貧乏仏師だ。

三位　かって知らざる夜の道、狼藉に出会い、大切なる給金を取られんといたせしをあなたがお助け下さりました故、これ、女房あなたにお礼を。

ト この前より、呉羽、癪の差し込み、苦しき思い入れ。

三位　これ女房、どうしやった。

小兵衛　おお、御内儀は癪が起こったさうだ。やれやれ可愛さうに。これご亭主さん、薬はないか。

三位　はい。折り悪う、薬をみなにいたしました。

小兵衛　そいつあ、困ったものだ。（ト言いながら呉羽の懐に手を入れる）

三位　これはこれは。御介抱くだされまして、有難うございます。

小兵衛　せめて水でも飲ませたいものだ。おお、幸ひの川水、ご亭主、柄杓で汲んできなせえ。

三位　心得ました。

ト小兵衛、川水を汲まうとする三位を抱える。

三位　これ、なにをする。

呉羽　やや、こりゃ我が君を。

ト小兵衛、懐の金を引き出し、川中に蹴込む。

二

琴　河竹新七が河原崎座の顔見世狂言に書きました『閻魔小兵衛《こへえ》』をご覧いただきました。あたしが、河竹新七こと吉村芳三郎に嫁ぎましたのは、その五年前の弘化三年、新七、三十一の春でございました。まあ大変な年で、夷狄の黒船が江戸湾に入り込みてんやわんやの大騒ぎ。そこへ持ってきて、大地震が起こり、猿若町の芝居小屋、芝居茶屋、役者たちの家々も焼け落ち、芝居どころじゃございません。新七は土蔵だけが残った焼け跡を呆然と見ておりました。老中になられました水野忠邦さまは、こりゃいい機会だ、芝居なんてものは腹の足しにもならねえ。芝居小屋の立て直しは許さないと言いだしました。

新七　そん時、北町奉行遠山景元様が、江戸っ子から楽しみを奪ってはますます活気がなくなるって反対いたします。

琴　いょッ。遠山の金さん。あんまりありがたいんてんで、狂言作者たちが競って遠山の金さんの芝居を書いたわけだ。

新七　ありがたがることたあねえ。葺屋町《ふきや》、木挽町《こびき》にあった中村座、市村座、森田座は江戸のはずれの隅田川のほとりここ浅草聖天町《しょうてん》に移転させられたんだ。あそこを見ろ。猿若町の入り口に遊郭みてえな木戸をこさえやがった。役者ってな、河原者だ。賎民は町人と交わるべからずってわけだ。

琴　そこへもってきて老中水野忠邦さまのご改革。贅沢はいけない、生活を切り詰めろと……。

新七　将軍家斉様は妾を四十人囲って毎年五十万両かかっているという噂だよ。

三　七世団十郎の追放

権之助（人形）が駆け込んでくる。

権之助　てえへんだ、ていへんだ。
琴　なに言ってんだい。あたしら底辺のもんはいつだって大変なんだ。
新七　権之助さん、なにがていへんなんだ。
権之助　大江戸の花、成田屋が江戸追放だとよ。
琴　団十郎さん、なにをやらかしたんだ？
権之助　派手な衣装や本物の兜で舞台をつとめたのがいけねえんだと。家作取り壊しの上、江戸十里四方、処払いだとさ。
琴　江戸を処払い！
新七　派手な衣装を着るなあ、七代目だけじゃないだろう。
権之助　お上に倹約倹約と言われ、花火がいけねぇ、碁や将棋もだめ。
新七　石灯籠も贅沢だ。
権之助　楽しみを奪われちまった江戸っ子は、団十郎に熱狂してる。『助六』の水入りにつかった天水桶の水が、徳利いっぱい十文で売れる始末だ。その人気絶頂の団十郎に仕置きをすりゃあ、本気で改革するらしいと江戸っ子も観念するにちげえねえ、それが老中水野忠邦様の魂胆だ。

新七　千両役者に木綿の衣装を着ろってか。
権之助　それそれ、その千両もいけねえとさ。水野様は役者がお給金を取りすぎだって。
琴　そらそうだ。市村座にいるのは役者だけじゃない。裏方、表方二百人の給金がたったの千両なのに、役者六十人で八千両取ってるんだ。
新七　役者が見物を集めているんだから仕方ねえやな。
権之助　いやいや、役者が映える狂言を師匠が書いてくださるから、見物が集まるんです。

火の用心の拍子木。

新七　権之助さん。
権之助　なんだい改まって。新作の話かい。
新七　あたしも狂言作者のはしくれだ。いつだって次の狂言の趣向を考えてらあ。
権之助　水野様の改革以来、不景気で客足はパッタリだ。新作は危ねえからなあ。
新七　そりゃ、大江戸の華、団十郎に『助六』か『勧進帳』やらせていりゃあ客は入る。しかし、そんな楽ばかりしてると、江戸の芝居は骨董品になっちまうぜ。
権之助　……。
新七　あたしが作者見習いになったのは二十歳の年……八年後に河原崎座の立作者にしてくれたのは、座主のおまえさんだ。しかしこの七年、あんたが書かせてくれたなあ、『児雷也』と『しらぬひものがたり』、草双紙の脚色ばかりだ。

権之助　なあ、河竹さん。

新七　新七でいいさ。

権之助　あたしだってお前さんのことを考えていないわけじゃない。市村座に移らないか。

新七　市村座に？

権之助　明日の夜、芝居茶屋山本に来てくれ。市村座の帳元に会わせる。

新七　河原崎さん！

権之助　権之助でいいさ。来てくれるね。

琴　（立ち上がって）翌日、新七は、めでたく新作の手付け金五十両を頂きました。ですがその七日後、江戸三座の座元立役者が奉行所に呼び出されました。「三座の芝居の仕組みがはなはだ淫らで良俗を汚している上、役者どもが自らが河原者たることを忘れ、市中を行き来するは勘弁ならず」だとさ。

新七　七代目が、編み笠をかぶらなかったのがいけねえそうだ。

琴　罪人でもないのに、なんで編み笠をかぶらなきゃならないんだ。

権之助　役者なんてものは、お侍の下のお百姓のそのまたまた下の商人《あきんど》の下。

琴　団十郎が商人の娘と結婚したとき、河原者の処へ行くのですからって娘は実家と縁を切ったとさ。

権之助　奉行所じゃ役者を猫みたいに一匹二匹と数えやがるんだ。

琴　それから七年もの間、団十郎さんは江戸の土を踏むことはできませんでした。

団十郎、やってくる。

琴　（正座して）成田屋さん。七年のお勤めご苦労様でした。

新七　上方の見物に芝居を見せるはご苦労でしたでしょう。

団十郎　芸人に下手も上手もなかりけり／行く先々の水に合わねばと言いまして。……河竹新七を襲名されたとか。目出度い。

新七　名前負けしませんように、精進いたします。

団十郎　これより河原崎座にお世話になりますから、面白い趣向の狂言を頼みますよ。

四

権之助が駆け込んでくる

権之助　てえへんだ、ていへんだ。
琴　なに言ってんだい。あたしら底辺のもんはいつだって大変なんだ。
新七　なにがていへんなんだ。
権之助　団十郎の息子が腹を切った。
新七　八代目が？
権之助　泊まっていた旅館で切腹したそうだ。
新七　まだ三十二だぞ。（泣く）奴は大阪であたしの『児雷也』を演ってくれることになってたんだ。
（トおいおい泣く）
権之助　若い者の面倒をみて、だいぶ借金があったようだ。
新七　親孝行してお上から褒美をいただいたのに飛んだ親不孝だ。（泣く）
浮世に生まれ　我もまた
風に吹かるる　鰯雲

琴　お前さん。いくら嘆いても逝っちまったもんは、戻らないんだから。……八代目だけが役者じゃないだろう。そうだ。七代目と一緒に上方に行った役者が、宙乗りだの七変化だの灯籠抜けだの外連を見事こなして人気だよ。

新七　市川小団次だろう。団十郎は水もしたたるいい男。加えて声がいい。団十郎がいたからあたしは『閻魔小兵衛』が書けた。ところが小団次ときたら……背が低い上に顔がひしゃげている。その上声が悪い。

小団次、出てくる。

小団次　そこまでいいますか。

新七　ああ、小団次師匠。今、次の狂言を考えていたところなんでございます。お得意の外連や早変わりといった趣向を生かせるようにと。

琴　それで新七は小団次に新作の狂言を書下ろしました。しかし、本読みが終わった後の小団次さんときたら。

新七　どこかご不満でもございますか。

小団次　あたしは河原崎座にきて日が浅い。しかし、高い金出して小団次を雇って、明盲《そこひ》を殺《あや》める役ですかい。あたしは歌右衛門のように優男《やさ》でもなく、背も低い上に声が悪い。とうてい客を呼ぶ自信がありません。辞退させていただきます。

琴　新七は一晩で書き直して小団次の元を訪ねます。しかし、小団次はやっぱり辞退すると言うばかり。

小団次　あたしゃあ、名門の生まれではなく市村座の火縄売りの倅でございます。親父は舞台で馬の脚をやったり、幕を引いたり。あたしが七つの時、生みの母親が市村座の出方と手に手を取って行き方知れず。で、親父は家財道具を売り払い、あたしを連れて大阪に上りました。八つの時から、魚市場の丁稚。その親父もあたしが十六の歳に身罷りまして、子供芝居のその他大勢でカツカツ食っておりました。ですから、絹の衣装を着たお侍の役などどうていできるもんじゃあありません。

新七　（声を震わせて）だったらどうして欲しいんです。教えてください。

小団次　師匠、冗談、言っちゃあ困ります。あたしに功《うま》い工夫があるんなら、あんたら狂言方はいりません。

琴　新七はぐっとこらえて、殺しの場面の竹本を書き足し、割り台詞を入れました。それを読んだ小団次さんは座布団から転げ落ちます。

小団次　師匠、大きなことを言ってすみませんでした。どうか勘弁してやってください。これなら当たります。必ず大入りを取ってご覧に入れます。

新七　石川五右衛門のような悪党。聖徳太子みてえな聖人。そんな奴はめったにいるもんじゃない。……気の小せえ男がふとした弾みで盗みをする。血を見たくねえのに弾みで人を殺《あや》めてしまう。親方は、江戸の庶民のせちがらい生活がやれる。善にあこがれながらも、悪に傾き、刹那に揺れ、諦めに泣く。それが生世話狂言だ。

琴　そんなわけで、新七は小団次に『蔦紅葉宇都谷峠』文弥殺しを書きました。居酒屋の十兵衛は鞠子の宿で按摩の文弥と出会います。

五　『蔦紅葉宇都谷峠《つたもみじうつのやとうげ》』一八五六年（人形）

梟の声がして、小田原提灯を持った十兵衛（小団次）が先に立ち、後ろより、風呂敷包みを持った文弥。

十兵衛　文弥さん、こっちにきなせい。これから先は路が険しいから、気をつけて歩きなせえ。

文弥　有難うございます。眼は見えませぬが、杖があるだけ大きに歩きようございます。

十兵衛　私が先へ立って行くから、よく提灯を見て来なせえ。

文弥　いえ、私は提灯があってもなうても、同じことでございまする。

十兵衛　ほんにそうであったな。そりゃあさうと文弥さん。さっきから聞こうと思ったが、神奈川から護摩の灰がお前をつけて来たと言ふが、背《しょ》負っている包みの中には、何ぞ大事なものでもあるのかえ。

文弥　へい、ご親切な旦那様故、何を隠し申しましょう。背負っております包みの中には、金が入っております。

十兵衛　いや失礼なことをいふようだが、按摩のお前が持っている金ならば、僅かな金であらうのに、何でそれを神奈川から護摩の灰がつけて来たか。

文弥　旦那様方の御身分では、僅かな金でござりませうが、私などの身にとりましては、百両は大まいの金でござります。

十兵衛　百両！　若いといいながら、大まいの金を持って眼も見えぬ身で唯一人東海道を上ろうとは、さりとて危ないことだの。

ト時の鐘。十兵衛、提灯の明かりを消す。文弥杖をついて行きかかるを、十兵衛、風呂敷包みを取ろうとする。

文弥　こりゃ、十兵衛さま、な、な、何をさっしゃります。

十兵衛　いや文弥さん、こなたにちっと頼みがあるが聞いて下さるまいか。

文弥　へい。ご恩になった旦那様、身にかなうた事ならば、

十兵衛　さあ、頼みというはほかでもない。その百両の金が借りたい。

文弥　ええ。

十兵衛　ささその驚きは尤もだが、まぁ私が言うことを一通り聞いてくだされ。何を包まう、私は元さる屋敷の若党にて、そのご主人様の娘御がかどわかされて廓の勤め、ご主人の御難儀故、金の工面に京都までわざわざ上ればその先の、主人《あるじ》が死んだ後へ行き、交喙《いすか》の嘴《はし》にすごすご帰る途中でこなたに逢ひ、いっそ取ろうか借りようかと種々の思いで言い出す無心、無理なことだが文弥殿、どうぞその金貸して下され。

文弥　段々の入り訳聞けば聞くほど切ない訳、義理にもお貸し申さねばならぬ金をば、義理を欠き、お断り申しますは、あなたよりこっちに又切ない訳あってのこと、三歳の年より眼の見えぬ私を

不憫に思われて母や姉の艱難辛苦、この百両も姉が苦界に身を沈め、私にくれたる身代金、どうぞお許し下さりませ。

ト鐘の音。凄みの合方。十兵衛、後ろより脇差しを抜き、切ろうとして悪いといふ思い入れ、二三度あって、トド後ろから一太刀浴びせる。文弥これを知らず二足三足行きがっくりとなり、糊紅肩先ににじむ。

文弥 やあ、これは。

十兵衛 文弥殿、堪忍してくだせえ。

文弥 や、こりゃ十兵衛さま。いやさ十兵衛どの、こりゃこなたはわしを殺してこの金、取る気だな。

十兵衛 道に背いたことなれど、金を持っていたのがこなたの因果、欲しくなったがわしの因果、因果同志の悪縁か殺す所も宇都谷峠、しがらむ蔦の細道で血汐の紅葉血の涙、この黎明《ひきあけ》が命の終わり、許して下され、文弥殿。

ト一面の紅葉に朝日が当たる。

文弥 かかる非道な心と知らず、世に頼もしき人と思ひ、仏頼んで地獄とやら、こなたは鬼か獄卒か。

十兵衛 ああ、これ聞き分けのない文弥殿。許して下され、許して下され。（ト又切りつける）

六

結城紬の単衣に羽織の新七がうつぶせに寝て、琴が腰をもんでいる。
火の用心の拍子木が遠く。

新七　イテテテ！　やい、てめえはあたしのあばら骨をへし折る気か。
琴　ここらもだいぶ痛んでるね。
新七　いててて、なにしやがるんだ。
琴　あんた、昨夜、両国橋のたもとにいたね。
新七　大川に映る十六夜が見事でな。
琴　嘘も大概にしな。おまえさん。一緒になる時、あたしになんと言った。
新七　もう七年にもなる。忘れちまったよ。
琴　これからおめえと俺は、生き死に一つだよって。死ぬほど辛いことがあるなら、真っ先にあたしに話すのが夫婦《めおと》の礼儀というもんだ。
新七　……。
琴　石の地蔵で物言わずかい。じれったいねえ。
新七　お琴、おめえ、嫁ぎ先をまちげえたようだ。
琴　まちがえた？

新七　河竹新七なんて、節分の塩豆だ。
琴　鬼は外かい。
新七　焼きの回った豆は、いくら水やっても、芽が出ねえ。
琴　あんたの（ト頭を指して）ここにゃ、商売敵の瀬川如皐《じょこう》がとぐろを巻いてる。
新七　あんな青二才の狂言書きのことなぞ気にかけちゃいねえよ。
琴　その青二才の書いた『石川五右衛門』は、七十八日間うちっぱなし。
新七　……。
琴　次には『佐倉宗五郎』。百姓一揆の芝居に、客なんかくるかって誰もが思っていたけど、二カ月の満員御礼。『切られの与三』じゃあ、見物が台詞を覚えちまった。「しがねえ恋の情けが仇、命の綱の切れたのを、どう取り留めてか木更津から、めぐる月日も三年越し」
新七　よさなえか。沢村田之助から秋の狂言頼まれているが、趣向が浮かばねえんだ。

ト田之助（人形）入ってくる。

琴　まぁ、田之助さん。
田之助　どうも無理なお願いをいたしまして。
琴　このところ、仕事が立て込んでいまして。
新七　親方は今、名女形として、人気絶頂。『切られのお富』って趣向はいかがでしょう。もちろん、瀬川如皐の『切られの与三』の書き直しです。お富は女郎屋赤間源左衛門を強請って二百両をせしめて、昔の男の与三郎へ金を届ける。しかし赤間源左衛門に捕まり美しいお富が顔から体中、七十五針の疵を負うという趣向でございます。

田之助　七十五針の疵。極めつけの趣向ですね。

七　『処女翫浮名横櫛《むすめごのうきなのよこぐし》』（切られのお富）一八六四年（写し絵）

Ｍ　蝙蝠の小唄

絵　蝙蝠が飛ぶ。
　　蝙蝠の安の顔。
　　その顔に蝙蝠傘。
　　蝙蝠にクロスフェード。
　　安の目。
　　お富の顔。
　　お富の顔のアップ。

安「おい、お前ら、この別嬪をな」

絵　非人二人。

非人「がってんだ」

郵便はがき

101-0064

東京都千代田区
猿楽町二―四―二
（小黒ビル）

而立書房 行

通信欄

而立書房愛読者カード

書　名　乱歩・白昼夢／浮世の奈落　366—1

御住所　郵便番号

(ふりがな)
御芳名　(　歳)

御職業
(学校名)

お買上げ　(区)
書店名　市　書店

御購読
新聞雑誌

最近よかったと思われた書名

今後の出版御希望の本、著者、企画等

書籍購入に際して、あなたはどうされていますか

1. 書店にて　2. 直接出版社から

3. 書店に注文して　4. その他

書店に1ヶ月何回ぐらい行かれますか

(　月　回)

絵　非人、お富を連れ去ろうとする。
声「てめえたち、何をする」
絵　与三郎が出てくる。
　与三郎、非人を切る。
　お富の顔。

与三郎「おめえ、お富じゃねえか」

・音楽　情人《いろ》というは他でもない
　　木更津で二世を契りし与三郎

与三郎「こんなところで会おうとはな」
お富「嬉しゅうございます」
与三郎「おお、そこに都合よくお堂がある」
・音楽　濡れて宿《やどり》の辻堂で

日頃慕いしその人に逢うた上からは
この世に思い置くことなし

絵　濡れ場。
　安、覗く。

絵　濡れ場。
　源左衛門。

安「源左衛門の旦那。妾のお富さんが」
源左衛門「密通。許せぬ」

絵　抱き合う、お富と与三郎。

絵　安の顔。

安「お富」
お富「安さん」

安「分かっているだろうな」

絵　安、お富を切りさいなむ。

お富「これほどまで切りさいなんだら
　お前の顔も立とうほどに
　早く殺して下さんせいなあ」

絵　お富の顔を斬りつける安。

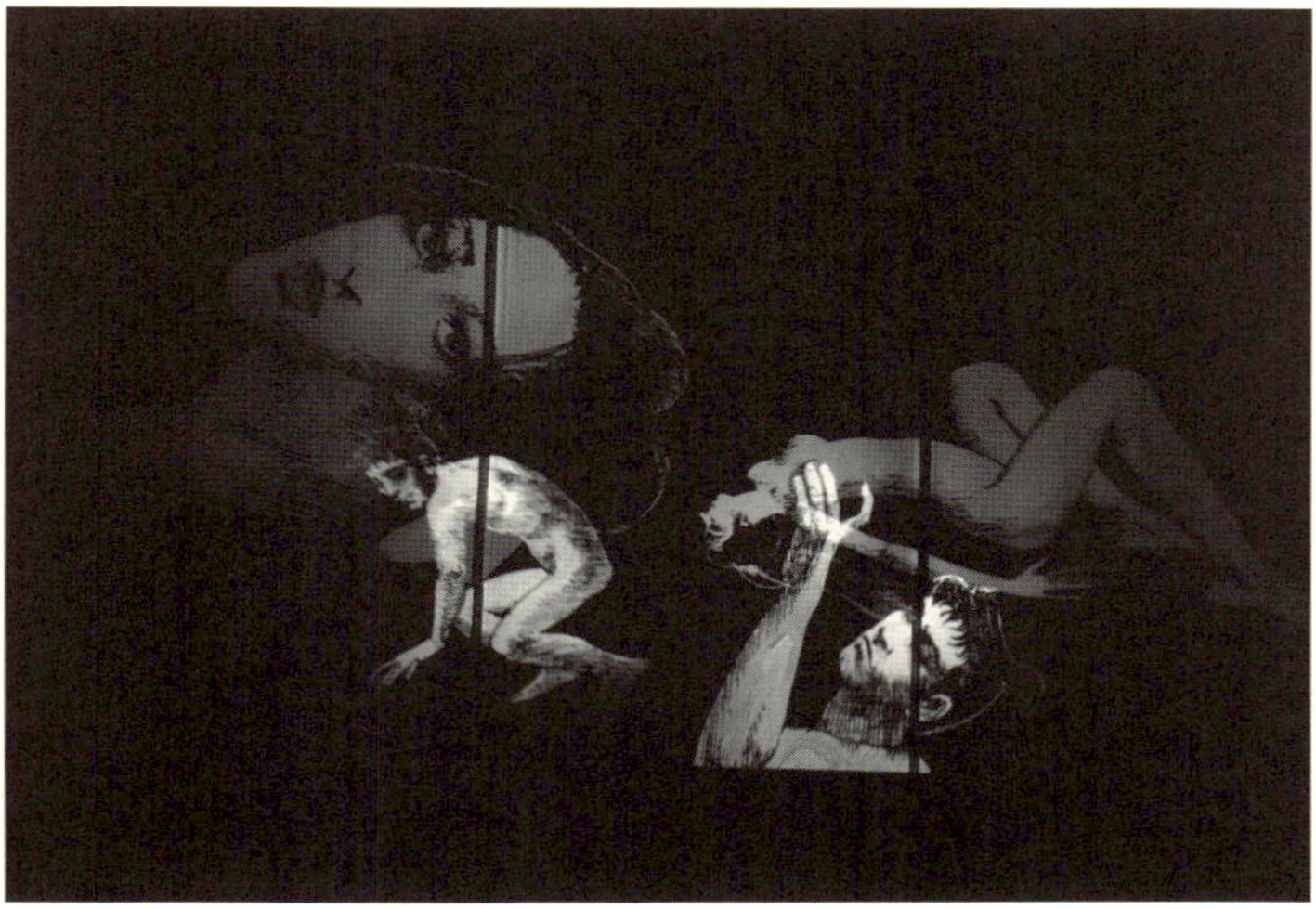

八

琴、出てくる。

琴　田之助さんのお富、綺麗だったね。
新七　田之助は、綺麗だけども悪女もやれる。芸の幅が大きい。だが、大変なことになってるんだ。
琴　あんたの『紅皿欠皿《べにざらかけざら》』で釘を踏み抜いたんでしょう。
新七　大したことはあるめいと、高をくくっていたら、脱疽だとよ。
琴　ダッソ？
新七　ああ、ほっとくと足が腐っていくんだそうだ。
琴　どうするの？
新七　足を切り落とすしかねえんだ。
琴　え、役者の足を切り落とす。
新七　横浜の居留地にな、ヘボンて耶蘇の坊主がいてな。外科手術の腕は評判だそうだ。

九　手術

ヘボン、出てくる。

ヘボン　ジェームス・カーティス・ヘップバーンと申します。私は、アメリカ長老教会の宣教医として、妻クララと日本に参りました。外国人が日本語の読み方わかるようなディクショナリーを作りました。ヘップバーンは、日本の方には発音が難しいのでヘボンといたしました。……さて、始めますか。（のこぎりを出す）ヒヒヒヒ。

ヘボンが田之助の右足を大腿骨から下を切り落とす。

琴　新七は田之助に二本の狂言を書き下ろし、田之助は一本足で市村座と守田座を掛け持ち出演します。

片足の田之助が見得を切る。

琴　次は、左足も膝から上を切り落とされますが、新七は両足のない田之助に『桶狭間合戦』で、馬に乗ったという設定にして大立ち回りを仕組みます。

馬に乗る田之助。

琴　次には右手は手首から下が切られ、左手は小指だけ。

演じる田之助。

琴　そんな姿になりながらも、道頓堀や堺、京都に旅興行を続け、新七は田之助のために狂言を次々に書きます。明治五年には、二十八の若さで両手もなくなり、車椅子に乗って引退興行をいたします。

田之助　白浪の泡に等しき人の身は夜半の嵐の仇桜、明日をも待たで散ることあらば、是がお顔の見納めかと思い廻せば廻すほど、お名残惜しゅう（ト見物を見渡し）ございまする。

十

小団次。

小団次　新作、久方ぶりの大当たりだ。かなわぬ恋に心中しようと川に飛び込んだ十六夜と清心が盗賊に変身するというおめえさんの趣向がうけたんだ。

新七　ところが初日から三十五日もたっての奉行所からのお呼び出し。どういうこったろうね。

小団次　このたびのお呼び出しは、新七師匠だけじゃない。糸操りの大薩摩吉右衛門、米沢町の結城孫三郎、杵屋六左右衛門。奉行所は近頃の世の乱れをあたしら芸人のせいにした。

新七　芸人のせいだと。なに言ってやがんだ。ええ、二年続きの飢饉。あっちこっちで百姓一揆。物価は三倍に跳ね上がった。宵越しの金を持たねえんじゃねえ。持てねえんだ。市中《いちなか》じゃあ、巾着切り、強盗や無頼漢がはびこってる。そいつぁ、芝居のせいじゃない。お上のご政道のせいだ。

小団次　師匠、そいつを奉行所のお白州でちゃんと言えますかい。

新七　べらぼうめ。シラスが怖くてたたみイワシが食えるかい！

太鼓。

声　お奉行さま、お成り。

そこへ、でか鼻。

でか鼻　これ、新七とやら。

新七　へ、へエ。

でか鼻　そなたのこの度の狂言『十六夜清心』だが……。

新七　ハ、ハア。お陰様をもちまして、久方ぶりの大入りでございます。

でか鼻　市川小団次演ずる清心が江戸城に忍び込み、金蔵をやぶるという場があるが。

新七　あれは先日の藤岡藤十郎の御金蔵破りを芝居に仕組みました。

でか鼻　公金四千両を盗んだのだぞ。

新七　ですから千住小塚原で磔になりましてございます。

でか鼻　そのような悪人をなぜ舞台に上げる?

新七　恐れながら申し上げます。舞台は客席の鏡、芝居というものは、世を写すものにございます。

でか鼻　世が乱れているのは、芝居のせいではないと申すのだな。

新七　へい。文政の頃より、職人は午前中働くと、髪結床や湯屋でゴロゴロ、小金があれば酒をきこしめし、もっとあれば品川や深川の岡場所に繰り込むようになりました。

でか鼻　だから水野様はご改革を進めていなさる。世が乱れているのは、誰のせいだ。

新七　さあて、誰のせいでござりましょうかな。

でか鼻　十二代将軍家慶様のご政道が、あるいは水野忠邦様のご改革がよくないと申すのか。

新七　いえいえ、公方さま、水野様のなさることに、間違いのあろうはずはございません。このたびの倹約令が厳しすぎるなどとつゆも思っておりません。

権之助　慶応二年、新七が守田座に書いた『鋳掛け松』は大入りでしたが、三座の太夫元、名題役者、立作者が奉行所に呼ばれます。その上、わずか二日で小団次の病にて休演となりました。

十一

寝ている小団次。

小団次　いやだ、いやだ。

琴　いやだって言ったって先生の煎じ薬飲まなきゃあ、いつまでも風邪治りませんよ。

小団次　あの煎じ薬は苦いからいやだ。

琴　良薬口に苦しって言うじゃないか。

小団次　あんな藪の薬飲んだら、よけいひどくなる。

琴　ああ、新七師匠。

新七　（入ってきて）どうだ。

小団次　鼻ッ風邪だと甘く見たのがいけねえ。（ト起きあがろうとする）

新七　ああ、そのまま、そのまま。

小団次　奉行所じゃあ、なんと。

新七　恐れ入谷の鬼子母神。奉行所の鳥居さま曰く。「近ごろの世話狂言、人情を穿つと申し盗賊遊女などの心に立ち入り、風俗にもかかわるゆえ、これよりはどぎつくなく、色気なども薄くするように」だとよ。

小団次　色気を薄くしろだと。人情を描くのが芝居でしょうに。はっきり言ってやったのかい。

新七　てめえたちのような唐変木に、芝居のことがわかるかあって言ってやりたかったが……。泣く子と地頭には勝てねえ。仕方ねえから、判を押してきた。時代物でも書くさ。

小団次　時代物？　そらァ歌右衛門さんや団十郎さんは姿がいい。だから、英雄や貴公子が活躍する時代物が得意だ。

新七　そこへ行くと親方は背が低い上に顔がひしゃげている。その上声が悪いときた。

小団次　そこまで言いますか。だけど考えてもみねえ。並の人間たちゃ、まあ醜男とオカチメンコばかりだ。

新七　だから親方にゃ、並の人間を書いてきた。それが生世話狂言だ。

小団次　見物が身につまされないような芝居はしたくねえんだ。それじゃあ、あっしの病気が助かっても、生世話狂言のほうが死んじまう。

新七　そうだ。生世話の生ってのは、あるがままだ。どこにでもいるような並の人間が……いや、根っから小心者の野郎がフトしたことから人さまの金をむしり取る。つい刃をふるってしまう。

小団次　そこを大雑把に演じちゃあ、見物が納得しねえ。

新七　お上から人情を描いちゃあいけねえと言われた。で、仕方なく、美しい衣装を着て踊るようになり、舞台は綺麗ごとになっていった。そいつを「粋」と名付けて、現実の生活の泥臭さを演じるのは「野暮」だと言われた。何が粋だ。あたしは野暮でけっこうだ。

十二

太鼓。

声　お奉行さま、お成り。

でか鼻の前に新七。

でか鼻　このたび、そちが守田座に書いた狂言は評判のようだな。
新七　はい。天秤棒を肩へあてて、日がな一日稼いでも、ひもじいという鋳掛け屋の話でございます。
でか鼻　その鋳掛け屋が両国橋の上から屋形船で、旦那が妾といちゃついているのを見て「こいつは宗旨を替えにゃあならねえ」とほざく。その台詞が流行っていると聞くが。
人々　こいつは宗旨を替えにゃあならねえ。
でか鼻　鋳掛け道具を川に投げ捨てて宗旨を替えるとは、どういうことか。
新七　ええと、それは……。
でか鼻　真面目に働き、慎ましく生きるという宗旨を替えるというのだな。
新七　いや、まあ。
でか鼻　お前は徳川家茂《いえもち》さまのご政道に不満でもあるのか。

新七　と、とんでもございませぬ。
でか鼻　では市川小団次がやった鋳掛け屋松五郎の台詞を読んでみよ。（ト書き抜きを渡す）
新七「この物価が高いのは、貧乏人殺しだ」
人々　貧乏人殺しだ。
でか鼻　ここ。
新七「どうか昔のような世の中にしてえものだ」
人々　どうか昔のような世の中にしてえものだ。
でか鼻　どうすると、昔のような世の中になるのか。
新七　さあ。
でか鼻　世直しをしようというのか？
新七　世直し。とんでもございません。
でか鼻　それからここだ。
新七「こうしてお互いに天秤棒担いで一日中歩き回って稼いでも、これでやっと食うのがギリギリ」
人々　やっと食うのがギリギリ。
新七「そうかと思やあ年がら年中、なにもしないで金を儲け、遊んで暮らす人もあり」
人々　遊んで暮らす人もあり。
新七「橋から下を見りゃあ、涼しくなってまだ川に、幾艘となく屋根船が、芸者を乗せてあの騒ぎ」
人々　芸者を乗せてあの騒ぎ。

新七　「手の届かないことばかりだ」
人々　手の届かないことばかり。
でか鼻　（読む）「ト癪に触った様子で、持った鉄瓶を思わず放り出す」。それから鋳掛け屋は、芸者の家に盗みに入る。
新七　ですが、松五郎は改心をいたし、最後は切腹いたします。
でか鼻　身どもを明き盲とでも思っておるのか！
新七　めっそうもございません。
でか鼻　いいか、狂言の幕切れに、勧善懲悪を取って付け、奉行所の目を誑《たぶら》かす魂胆。許せぬ。これでは江戸っ子はみな、怠け者になっちまう。
新七　ご奉行さま。鋳掛け屋の松五郎は江戸っ子じゃございません。旦那はさきほど両国橋といわれましたが、あたしは鎌倉稲瀬川にかかる花水橋と書いておりまして……ほら、ここ。隅田川じゃございません。
でか鼻　まだ減らず口をたたくか。稲瀬川なんて小川にどうやって屋形船を浮かべるんだ。
新七　稲瀬川は小川でございますか。あたしは川崎から西には行ったことがございませんので、失礼いたしやした。

琴。

新七　琴、押し入れに、火縄作りの道具があったろう。

琴　火縄？

新七　芝居小屋じゃあ、客が煙草に火を付けるための火縄を売ってる。小団次の親父のように、市村座で火縄でも売って暮らす。

琴　お前さん、狂言作者をやめちまうのかい？

新七　火縄売りなら、お上にいじめられることもなかろうぜ。（去る）

琴　お前さんがやめちまったら、小団次さんが悲しむよ。

火の用心の拍子木。

十三

遠くから三味線の音。
新七、「水野の水は水くせえ。水野なんざあ、見ず知らず」と踊りながら、下駄のまま駆け込んでくる。

琴　おまえさん、下駄で座敷に上がるんじゃない。ああ、飲めない酒をきこしめしたな。（団扇で煽ぐ）
新七　おお、江戸の風が吹いてきて、盆と正月がいちどきにきやがった。ウハウハ。
琴　いったいどうしたんだい。
新七　水野忠邦、このたび老中お役御免だってよ。
琴　水野はクビかい。あんたも奴には泣かされた。たった二年の天下だったねえ。
新七　噂は市中にパッと広がって、耐えに耐えていた奴らが水野のお屋敷を取り囲んでよ。罵声を浴びせるやら、枯れ木を投げ入れるやら。道具屋の亀なんざ、塀によじ登って庭に小便、ジャージャー。おい、どこ行く。
琴　小団次さんのとこに、ひとっ走り行ってくるさ。

そこへ、権之助が棺桶を運んでくる。

新七　おい、権之助さん、まさか小団次じゃねえよな。
権之助　（うなずく）
琴　小団次さん。
新七　（棺にすがりついて）てめえがいなくなって、誰が『十六夜』をやるんだ。あたしが河原崎座の立作者になりながら、臆病なこの権之助の下で泣かず飛ばずだった時、『忍ぶの惣太』が大当たりした。おめえさんの体にゃあ、江戸の町人の雰囲気と上方の芸風が備わっていた。おめえさんとは三十九の年から五十一まで十三年、苦楽をともにしてきた。おめえさんがいたから、『文弥殺し』が書けた。『都鳥廓白波』から『鋳掛け松』まで、手を携えて次々に押し寄せる苦難をくぐり抜けてきた。畜生！　徳川が小団次を殺しやがったんだ。
琴　おまえさん、外に聞こえるよ。
新七　聞かせてやろうじゃないか。こちとらしがねえ狂言方よ。二本差しが怖くって目ざしが食えるかい。
琴　奉行所の言い渡しの一月半後、小団次は五十五年の生涯を終えました。
権之助　『文弥殺し』の千秋楽の打ち上げの席で、新七さんの着物の上に酒がこぼれた。それを見た小団次が手ぬぐいで拭いた。おや、師匠思いだねと言うと「なに、師匠が死んだらこの着物もらうことになってるんでね」となんてぬかしやがった。
新七　そう。あの約束も果たせなくなった。いいか、小団次が『佐倉宗五郎』や『鋳掛け松』を見事に演じられたのは、ちいせえ時から苦労をして飢饉に苦しむ人たちを見てきたせいだ。

権之助　小団次が身罷りました同じ年、小団次を苦しめた徳川家茂《いえもち》もあの世に参りました。そして次の年には、徳川幕府がぶっ潰れ、江戸っ子たちは京都から下ってきました天子さまをお迎えしました。

琴　ご一新の時、新七、五十三でございました。新七の憎んだ徳川の滅亡とともに新七の愛した江戸も消えていきました。当時流行りました狂歌。（「明治」と書かれた札を持って）「上からは明治だなどというけれど、治まる明《めい》と下からは読む」。

新七　てめえらにゃあ、ずいぶんと虐められたぜ、まったく。（歌い踊る）徳川家茂クタバッタ。菊は栄えるエエジャナイカ、葵は枯れるエエジャナイカ、西から轡の音がするパカパカ。

〽宿世の業は、常ならむ
田之助が身罷る
小団次が身罷る
歌舞伎が身罷る
江戸も身罷る（中入り）

二幕

十四　明治五年

遠くから「宮さん宮さん」が聞こえてくる。
新七が中折れ帽を被っている。勘弥と琴。

勘弥　ほう、新七師匠、ハットっていうんですか？　なかなかお似合いですね。ちょっとあたしにもかぶらせてください。
新七　（帽子を押さえて）よせよせ。
勘弥　いいじゃないですか。
新七　壊れる、壊れる。ああ！

ト勘弥が帽子を取ると、断髪の頭。

新七　へへへへ。
勘弥　師匠。髷を落とされたんですか。
琴　似合わないねえ。
新七　私が落とさなくてどうする。（自分の頭をたたいて）ザンギリ頭をたたいてみれば、文明開化の音がする。

勘弥　（頭をたたいて）チョンマゲ頭をたたいてみれば、因循姑息《いんじゅんこそく》の音がする。

新七　二年前、天子さまが断髪されたので、お役人方も習って、次々チョンマゲを落としたんだ。

勘弥　天子様も！　ちゅうことは、あたしもそのうち落とさねばならないか。

新七　江戸までは、野郎髷だの剃り上げた丁髷《ちょんまげ》だのがあった。だが、断髪によって武士も平民もなくなったんだ。役者と遊女も平民になった。

勘弥　やっと人並みになったわけだ。

新七　その代わり役者は鑑札を受けねえと芝居に出られなくなった。

勘弥　売上げの二〇分の一の税金を取られることになった。

琴。

琴　ご一新で江戸が東の都と呼ばれるようになりまして五年、守田座の座元勘弥、市村座の金主権之助、劇作者河竹新七がお役所に呼ばれ、演劇を人民教化に役立てよとのお達しがございました。

十五

新七と勘弥。

新七　あたしゃご一新の時、「菊は栄えるエエジャナイカ、葵は枯れるエエジャナイカ」とはしゃいだ。されどこのたび、新政府のお役人に呼ばれ、狂言綺語を廃せと申し渡された。

勘弥　狂言綺語てなあ、なんでえ。

新七　やさしく言えば、でたらめをなくせ。歴史に忠実な台本にせよ。狂言作家は教部省の監督下に入り、その脚本は薩摩、長州の田舎侍の検閲を受けるんだとさ。

勘弥　散切り芝居『東京日日新聞《とうきょうにちにちしんぶん》』に、あんたは明治になって現れた人力車や新聞、牛肉屋、散髪屋を出した。でも、あの狂言じゃ女形が色気を見せるわけでもなく、濡れ場もねえから客は来ない。あたしら座元はおまんまが食えねえ。

琴。

琴　市村座をおやめになる。やめてどうなさるんです。

新七　筆を折る。

琴　ええ！

新七　もう、権之助のような気の小せえ座元の下で仕事をするのはまっぴらだ。新作は危ないからと、市村座の出し物は、出来合いの人形浄瑠璃ばかりだ。この八年、あたしは何をしてきた。河竹新七は立作者じゃないのか。次の顔見世も奴は『葛の葉』を出そうと言ってる。百年も前の芝居だぜ。

琴　水野の改革で浅草に追っ払われた時、師匠を河原崎座の立作者にしてくれたのは権之助さんでしょう。

新七　権之助の面なんぞ二度と見たくねえ。

勘弥　（入ってきて）二度と見られませんよ。

新七　なんだと。

勘弥　昨夜、今戸の権之助さんのところに強盗が押し入ってな。権之助さんは、手元に金はないと百両しか出さなかった。それで出刃包丁で刺されたんだ。

新七　権之助のオタンチン。命あっての物種じゃねえか。金なんか渋るんじゃねえ。てめえがいねえで、あたしの芝居をこさえる金を誰が作ってくれるんだ。

勘弥　今からは、不肖この勘弥が、師匠の狂言の金主を務めます。

十六

SPレコードから音楽。

新七が、フロックコートを着ようとしている。

勘弥 ああ、そこに手を入れちゃあ、あべこべですよ。ここは足を入れるとこ。

新七 こいつがマンテル・ズボンか。どっちが前だ。

勘弥 ここからチンチンを出して小便をするの。

新七 （転げて）ああ、この年になって、なんでこんな目に合わなきゃならねえんだ。

勘弥 そら、師匠、西洋かぶれと言われている私、守田勘弥が新富座を完成させて、今日はその落成式。

新七 浅草の小屋は何度も火事に遭ってるから、屋根を瓦葺きにしたってな。

勘弥 西洋にならって夜興行をやるから、ガス灯をつけました。

新七 新富町か。水野の改革で江戸三座が浅草に追われてから、三十五年、あたしも年を取るわけだ。

勘弥 落成式には、欧米各国の大使や太政大臣三条実美さまも出席なされ、陸海軍の軍楽隊がプカプカやるそうだ。客席の正面は桟敷じゃなくて、外人用に椅子席。

新七 なんで椅子に座るんだ。枡席なら、隣の人と仲良くなれるが、新富座の客席じゃあ、隣の席の奴は他人だ。いや、敵だ。芝居を観ながら饅頭も食えねぇ。

勘弥　西洋じゃ、芝居を観ながら飲み食いをしねえそうですよ。

新七　おまえさんは、なんかと言えば西洋だ。小屋の正面から絵看板がなくなって、櫓太鼓の音、笛や太鼓、三味線のお囃子、賑やかしもなくなった。

勘弥　花道もねえんだ。西洋のように、引き幕じゃなく（手振りで）こう、幕が上がる緞帳を付けた。そんな小屋に羽織袴じゃそぐわねえと、団十郎だってフロックコートで参列するってさ。

十七

洋装のでか鼻の前に新七と勘弥と団十郎の人形。

新七　本日はお招きいただき光栄に存じます。

でか鼻　うむ。本日は、そなたたちに二つのことをお願いしたい。その第一は、我が日本国は二百三十年の間鎖国をしておった。このたび、新政府は国を開き、諸外国とのつきあいをすることとなった。そなたたちの劇場にも異人がくるやもしれぬ。ついては、出し物も外国人に見下されぬよう、上品な演目を選ばねばならぬ。残念なことにそなたたちの書く狂言は、盗賊が活躍し、不義密通がまかり通り、とても息子や娘に観せられたものじゃない。

新七　恐れながら申し上げます。

でか鼻　なんだ。

新七　芝居小屋に多くの善男善女がきてくださるは、普段はおいそれとできねえ盗みや許されぬ悪戯事を、まるで自らが犯したように感じる楽しみがあればこそでございます。

でか鼻　ふむ。市川団十郎も同じ考えか？

団十郎　この文明開化の時代、観客を立派な日本国民に育てるような演劇が必要に思います。ですから、『女太閤記』でこんな台詞を入れました。（ト書き抜きを読む）「ほんに今では狂言も、親子で顔をあからめるような、そんな醜い狂言は、新富町では演《し》やしねえ」と。

でか鼻　よき心がけだ。団十郎は史実に忠実な演劇を目指しておる。引き替え、お前たち狂言作家はあまりに無学、非常識である。そなたらは、史実とは異なる時代物を書き散らしておる。

団十郎　はい。あたしどもは、小道具や衣装も史実を調べてそろえております。ご存じの通り、あたしが父の七代目は、本物の兜を舞台で使っただけで、江戸十里四方処払いに処せられました。幸いなことに、ご一新がなり、演劇改良も緒に就きました。

新七　は、はぁ。……なに言ってやがんでぇ。芝居は作り物でございますから、歴史とは別物だ。『忠臣蔵』で、早野勘平が盗賊を猪と間違えて殺してしまうなんて挿話は史実じゃねぇだろう、って言ってやりたかった。

十八

飴屋の笛の音。

新七と団十郎。

新七　九代目、女方《おんながた》もやめるって本当ですか。

団十郎　そもそも江戸のはじめに、風紀の乱れを嫌った幕府が女役者を禁じたから、野郎歌舞伎にせざるを得なかったのだ。その幕府がつぶれたんだから、女が女を演じてどこが悪い。男が女を演るから嘘になる。

新七　芝居てな、もともと嘘じゃありませんか。『三人吉三』の大川端だって舞台に隅田川を流せるわけじゃない。見物が嘘を真と思うように演じるのが役者の務め。実生活じゃあ「月も朧に白魚の」なんて七五調で喋ったりしない。

団十郎　福地櫻痴先生は、欧米の舞台じゃ、実生活とまったく同じように仕草をし、台詞をしゃべるって言っておられた。

新七　あたしらの普段をそのまま演ってどこが面白いでしょう。

団十郎　これまでの芝居は、衣装や舞台の偽りの美しさを観せていました。この世界をありのままに映し出すのです

新七　芝居は作り物だから面白いんじゃないですかね。見物は、脚絆で一本差し、紺の半合羽のしつらえが、いなせだと思ってる。いいところで時の鐘がゴーンと鳴ると芝居を観た気になるんです。

十九

勘弥。

新七　勘弥さん、酒をおやめになったんですか？
勘弥　いや、酒は体に悪い。
新七　聖人君子になったか。
勘弥　呑むなら、ポルトワインかビールだ。
新七　近ごろじゃ、鮪の刺身をわざわざ焼いて食うって聞いたが。
勘弥　ああ、醤油味噌のたぐいも衛生に害がある。あたしはオームレットにはソースとケチャップだ。
新七　あんたのハイカラ好き、正気の沙汰じゃねえな。
勘弥　日本は鎖国していた二百三十年の間に欧州に後れを取った。神奈川に来たペリーは、駕籠かきの姿にびっくりしたそうだ。陸《おか》蒸気はもちろん人力車だってなかったんだからね。
新七　新政府のかけ声でできた演劇改良会は、演劇で教育をしろと言い出してる。あたしら人にものを教えるほど偉かあない。
勘弥　君は井上伯爵の屋敷にこなかったねえ。団十郎、菊五郎、左団次は顔を見せたよ。
新七　おい、その「君、僕」というのはよしてくれ。……井上邸じゃ、『勧進帳』を天皇に、『寺子屋』を皇后にお見せしたそうだな。

勘弥　役者はこれまで、士農工商のそのまた下の賎民だった。しかし、維新によって身分の上下がなくなったんだよ。もう河原乞食とは言わせない。

琴　明治十二年、団十郎さんは『勧進帳』を素顔《すっぴん》地頭でツケも打たせず見得もきらずに演じましたが、見物たちには評判が悪く興行は散々でした。新七は、団十郎や勘弥さんの演劇改良熱に嫌気がさしているようでした。

勘弥。

勘弥　折り入ってお話があるとか。

新七　勘弥さん。あたしも歳ですし、ここらで引退したいと思いまして、本日はそのお許しに伺ったわけです。

勘弥　引退！　冗談じゃありませんよ。師匠、まだ還暦を過ぎたばかりじゃありませんか。洒落にもならねえ。

新七　いや、年には勝てません。筆に艶がなくなっていくのをひしひしと……。

勘弥　鶴屋南北が『四谷怪談』を書いたのは七十の時ですよ。師匠にはまだ十年頑張っていただかないと。

新七　大南北と比べられちゃあ辛い。

勘弥　師匠。あたしに歴史物を書いてくださいよ。

新七　いやだね。あたしには史実に忠実な歴史物なんて書けません。
勘弥　そんなこと言ったって、今や狂言作者は師匠しかいないんですから。
琴　西洋かぶれの勘弥さんは新七に『漂流奇譚西洋劇《かぶき》』を書かせて、西洋人俳優も出演させました。けれど見物が入らず二万円の損を出して、勘弥さんのハイカラ趣味はいっぺんにさめました。新七は新たな散切り芝居で、明治十六年の出来事『満二十年息子鑑』を書きました。

二十　『満二十年息子鑑《まんにじゅうねんむすこかがみ》』　一八八四年（人形）

勇次　新版「徴兵制度早わかり」。定価わづか六銭にて免役となるとならぬが一目でわかる、早わかり。サアサアお召し下さりませ。

巳之助、着流し、経師屋のあつらえにて出る。

巳之助　勇次、一冊くんねえ。この本に、徴兵を逃れるよい趣向があるかもしらん。

三吉　おい、巳之助さん。その六銭で、団子でも食った方が腹に溜まってよかろうぜ。

士族松五郎、人力車夫のあつらえにて出る。

七蔵　松さん、仕事かね。

松五郎　人力車夫はいつも貧乏暇なしさ。

勇次　巳之助さんは、花垣様の新築になったお座敷の天井を張りに行くそうだな。

七蔵　巳之助さんがお屋敷に仕事に行くと、お姫様が片時も傍を離れぬそうだ。

松五郎　大名貴族さまのお姫様に惚れられるなんて、うらやましい。

勇次　しかし、どんなにお姫様が惚れても、無駄なことだ。

七蔵　何を知って無駄だというのだ。

勇次　巳之さんは、今年二十歳で、徴兵に出にゃならねえ。

松五郎　徴兵などどうでもいい。おいらも今年二十歳だが、出ろと言っても出やしねえ。

七蔵　お上からのお達しをそんなことを言って済みますかね。

松五郎　済もうが済むめえが、出めえと思やあ、出やしねえ。

巳之助　松さん、勝手に出ぬなどと余りといえば無法なことだ。

松五郎　何、無法なことがあるものか。ナマな事を言うようだが、これが自由の権だろう。東京府からやかましく呼び出し状が来ようとも、自由の権を振りまいて、おらあ徴兵に出やしねえ。

巳之助　私など平民だからそんなこと、言ってもよいが、お前など士族の生まれ、立身出世より先に徴兵に応じなければならぬのだ。

松五郎　士族士族と言うが、とおに大政奉還してしまい、今じゃあ、下賤家業の人力車夫だ。

二十一

でか鼻（人形）、出てくる。

でか鼻 徴兵令が改正されたのは昨年のことだが、そちには不満でもあるのか。
新七 滅相もございません。ただ、ご一新前は、お侍様だけが戦に出かけました。しかし、このたび、国民皆兵、すべての民草が徴兵されるというご改正。国民の中には、死ぬかも知れぬ戦場に行くなら、士農工商の時代のほうがよかったと考える愚かな者もおります。（ト文机に座る）それだけでございます。

琴。

勘弥 師匠、あんまり根を詰めると体に悪いですよ。気散じにお妾さんでも持ったらいかがですか？あの清元のお師匠さんなんかどうです。さっぱりしていて師匠に似合ってますよ。
新七 あたしには、妾を持つ暇なんかねえ。江戸の世に生まれた歌舞伎を死なせるわけにゃあいかねえんだ。
勘弥 歌舞伎が死んじまう？
新七 もうほとんど死んでるさ。見物を集めるのは役者。人気役者が客を集めるようになると、自分の役だけよくしようとわがままを言い出す役者が出てきた。それで、狂言作者は役者の勝手を書き留める書記になりさがっちまった。あたしが市村座に狂言方見習いで入った頃には、雪隠《せっちん》大工みてえな奴ばかりになってた。

勘弥　雪隠大工？

新七　新築じゃなく、便所の戸を直すしかできねえ大工さ。……『四谷怪談』の南北はとっくにいねえ。『勧進帳』の桜田治助は引退し、『切られの与三』の瀬川如皐だって時代に取り残されてる。明治になってもう誰も新作を書いちゃあいねえ。

勘弥　そういやぁ、今、演《や》ってる芝居は江戸の世話狂言ばかりだ。

新七　ご一新で、あたしらはちょんまげを切った。いまじゃ、スボンを履いて人力車に乗ってる。ところが舞台の上じゃあ、相変わらず髷をつけて大小差して江戸を演《や》ってる。

勘弥　いや、今日は歌舞伎座の柿落《こけらおとし》公演のことでお伺いしたわけです。

新七　歌舞伎座？「改良劇場」て名前の小屋にするんじゃなかったの。

勘弥　当初西洋のようにわが国の芝居を改良しようと考えましたが、新しい小屋にも回り舞台がなきゃとか、両花道がいるって声が多ございまして……。

新七　あたしは、天保六年に芝居の世界に入りました。ですから天保の時代の芝居を書きました。万延の時代、長引く飢饉のせいで世は乱れました。で、あたしは勘弥師匠に『三人吉三』や『十六夜清心』など悪がはびこる時代を書きました。

勘弥　ご一新の後、あんたは散切りものを書いた。

新七　あたしは、いつでも自分の生きている時代を書きたい。能や狂言が、博物館になっちまったように、今の時代を描かない芝居は江戸の博物館だ。

二十二

勘弥、新七。

勘弥 師匠はどうして怒らないんですか。

新七 怒ったって、なにが変わるわけじゃない。

勘弥 「歌舞伎座」の柿落《こけらおとし》は、師匠が十年も前に書いた『水戸黄門』で行くと相談もなしに決め、福地櫻痴が勝手に書き直したんですよ。

新七 気に入らぬ風もあろうに柳かな……。

琴。

琴 あんた、歌舞伎座の番付から新七の名前を削るって。

新七 ああ、一切、芝居小屋には出勤しねえ。

琴 引退するのかい。

新七 拝啓。あたしは本日七十七になり、ますます老衰はなはだしく、五十七年勤めたる作者も勤めがたく、狂言の種も趣向も切れ果たしました。手慣れし筆をさらりと捨て、この誕生日にめでたく芝居を引退いたします。ついて河竹新七の名を仕舞い、黙阿弥となります。すなわち、芝居が江戸の博物館になろうとも、限りある命の及ばぬこと。これよりは何事にも口を出さず黙っている心にてございます。

琴　新七は生涯に三百六十本の狂言を書き、明治二十六年一月に身罷りました。瀬川如皐が身罷りました時、新七は「俺は七十七までは生きていよう」と申しました。なぜなのと聞きますと、「日本は徳川の二百六十年、一度も戦をしていない。こんな国は西洋にはない。七十七以上生き延びたら、戦に出くわすだろう。それも西南の役のようなのとちがって、外国との間に始まるだろうから」と申しました。新七が亡くなった翌年、日本は清国と戦を始めました。

勘弥　遺言には「葬式なんぞをすると、皆の一日が無駄になる。雨でも降れば、参列者の着物の裾が汚れるから通夜も葬儀もしないように」とありました。

琴　新七は、くさやの干物、柿や栗には目がありませんでした。猫が好きで、いつも家中を数十匹が闊歩しておりました。しかし子年だったせいか、鼠もかわいがっておりました。新七は猫に鼠を捕らないように言いきかせ、鼠たちは猫たちのご飯の残りを食べておりました。

〽語り継がれる　言の葉は　巷に流れ
　怖いもの見たさに　今宵も繁盛　小屋芝居

上演記録

●乱歩・白昼夢　人形と写し絵による

初演　二〇〇九年八月十九日〜二十三日　結城座　東京芸術劇場小ホール2

■スタッフ

作・演出　斎藤　憐
意匠　宇野亜喜良
音楽　黒色すみれ
照明プラン　齋藤　茂男
照明オペ　横原由祐／是安理恵
音響プラン　島　猛
音響オペ　木下　真紀
意匠助手　野村　直子
舞台監督　野口　毅
舞台監督助手　尾花真／山松由美子
宣伝美術　宇野亜喜良／福田真一
宣伝写真　林　宏樹
ヘアデザイン　川村　和枝
結城座スタッフ　武川　真知
制作　澤田麻希／谷口幸子／押田哲雄／後藤絢子／日橋こずえ／山川育子／遠藤直子

■出演

結城孫三郎　結城　育子
結城　千恵　平井　航
荒川せつ子　橋本　純子

オペラ館

結城　数馬　　　　　　　岡　泉名
長井　望美　　　　　　　真那胡敬二（客演）
矢田　珠美

再演　二〇一〇年一月九日　つくばカピオホール
　二〇一〇年五月十五日　長久手町文化の家森のホール
　二〇一一年十一月八日〜九日　渋谷区文化総合センター大和田伝承ホール
　二〇一一年十二月三日　茨木市市民総合センター（クリエイトセンター）センターホール
　二〇一一年十二月五日　神戸アートビレッジセンターKAVCホール

■スタッフ

作・演出　斎藤　憐　　製作助手　野村　直子
舞台美術・人形・写し絵　宇野亜喜良　　宣伝美術　熊谷　智子
音楽　黒色すみれ　　宣伝写真　石川　純
照明　齋藤　茂男
音響　島　猛

■出演

結城孫三郎　　結城　育子
結城　千恵　　平井　航
荒川せつ子　　橋本　純子

結城　数馬　　武川　真知
岡　泉名　　真那胡敬二（客演）

●浮世の奈落　默阿MIX〔もくあみっくす〕

二〇一〇年十月七日～十一日　結城座　東京芸術劇場小ホール2

■スタッフ

作・演出　斎藤　憐　　音響　島　猛
写し絵画　宇野亜喜良　　舞台監督　吉木　均
音楽　今藤政太郎／杵屋栄八郎／奥田祐　　演出助手　鈴木　章友
舞台美術　加藤　ちか　　写し絵画助手　野村　直子
衣装　江木　良彦　　宣伝美術　宇野亜喜良／福田真一
照明　齋藤　茂男　　宣伝写真　石川　純

■出演

結城孫三郎　　橋本　純子
結城　千恵　　結城　数馬
荒川せつ子　　岡　泉名
結城　育子　　下総源太朗（客演）
平井　航

乱歩・白昼夢／
浮世の奈落　黙阿MIX〔もくあみっくす〕

2011年11月25日　第1刷発行

定　価　本体1500円+税
著　者　斎藤憐
発行者　宮永捷
発行所　有限会社而立書房
東京都千代田区猿楽町2丁目4番2号
電話　03(3291)5589／FAX03(3292)8782
振替　00190-7-174567
印　刷　株式会社スキルプリネット
製　本　有限会社岩佐

落丁・乱丁本はおとりかえいたします。

ISBN978-4-88059-366-1　C0074